Christian Tielmann

Der Tag, an dem wir Papa umprogrammierten

Christian Tielmann, 1971 in Wuppertal geboren, studierte Philosophie und Germanistik in Freiburg und Hamburg. Heute lebt er in Köln und schreibt sehr erfolgreich Kinder- und Jugendbücher.
Weitere Titel von Christian Tielmann bei dtv junior: siehe Seite 4

Markus Spang, 1972 in Karlsruhe geboren, beschäftigte sich eine Zeit lang mit Philosophie und Kunstgeschichte und studierte dann Illustration in Krefeld und Münster. Heute lebt er wieder in Karlsruhe, malt Bilder, zeichnet Schriften und schreibt Texte.

Christian Tielmann

Der Tag, an dem wir Papa umprogrammierten

Mit Illustrationen von Markus Spang

dtv

Ausführliche Informationen über unsere Autorinnen und Autoren und ihre Bücher finden Sie unter www.dtv.de

Von Christian Tielmann sind außerdem bei dtv junior erschienen:
Wir drei aus Nummer 4
Notlandung in der Milchstraße 17 a

MIX
Papier aus verantwortungsvollen Quellen
FSC® C014496

Originalausgabe
4. Auflage 2021

Umschlagbild und -gestaltung: Markus Spang
Gesetzt aus der Thesis (The Sans) und Arrus
Satz: Druckerei C.H.Beck, Nördlingen
Druck und Bindung: GGP, Media GmbH, Pößneck
Gedruckt auf säurefreiem, chlorfrei gebleichtem Papier
Printed in Germany · ISBN 978-3-423-76187-1

Im Gedenken an Maria Rutenfranz,
die ihren Spaß und Anteil an der Entstehung dieser
Geschichte hatte. Leider hat sie ihre Vollendung
nicht mehr erlebt. Aber zwischen den Zeilen höre
ich hier und da ihr unerschütterliches Lachen.

Abends im Geheimlabor

Natürlich durfte ich das nicht. Aber es war einfach zu verlockend. Es war der Samstag vor unserem Geburtstag, also dem von mir, Carlo, und meiner Zwillingsschwester Jolanthe. Jolanthe würde jetzt sofort aufspringen und losplärren: »*Große* Zwillingsschwester!« Denn es ist ihr sehr wichtig, dass sie dreieinhalb Minuten älter ist als ich. Aber *ich* erzähle diese Geschichte und in der geht es nicht um Jolanthe, sondern um unseren Vater. Wir hatten noch genau eine Woche bis zum Geburtstag und unser Vater verzog sich schon wieder in sein geheimes Labor im Keller. Das war verdächtig.

Das Labor ist nicht in dem Sinne *geheim*, dass niemand weiß oder wissen darf, wo es ist. Es ist sein Geheimlabor, weil die Dinge, die Papa darin macht, geheim sind: Niemand soll wissen, was er da fabriziert.

Darum dürfen wir da auch niemals rein. Noch nicht mal Mama.

Es begann also damit, dass ich etwas tat, was man nicht tut: Ich guckte durch das Schlüsselloch. Und zwar genau ins verbotene, geheime Labor meines Vaters. Ich musste einfach wissen, was er da drin trieb. Denn ich hatte eine Befürchtung. Und an diesem Samstagabend fand ich heraus, dass ich leider, leider recht hatte. Mein Vater tat etwas Schreckliches, etwas Schlimmes, etwas, das er niemals tun sollte und vor unserem Geburtstag gleich dreimal nicht: Papa bastelte!

Das Wort *basteln* klingt natürlich nicht besonders schlimm oder schrecklich. Es kommt aber sehr darauf an. Und zwar auf das *Wer* und das *Was* beim Basteln. Harmlos ist das Basteln zum Beispiel bei Krampfi. Krampfi heißt eigentlich Paulus Kampfmann, aber alle nennen ihn *Krampfi* und er ist der größte Angeber in unserer Klasse. Krampfis Papa ist unser Zahnarzt und er bastelt auch gerne. Dann kommt Krampfi mit einem golden lackierten Fahrrad mit eingebautem Raketenantrieb um die Ecke und krakeelt: »Das hat mein Papa gebastelt.«

Normale Väter, Mütter, Onkel, Tanten. Zum Beispiel Großväter und Großmütter basteln eben normale Dinge. Fahrräder mit Raketenantrieb, supergemütliche Baumhäuser, schnittige Seifenkistenrennwagen

oder abenteuerliche Piratenhängematten.

Aber wenn *mein* Vater bastelt, dann ist das was anderes. Denn mein Vater ist nicht normal. Er ist beim TÜV. TÜV ist eine Abkürzung für den Technischen Überwachungsverein und gegen den ist nichts zu sagen. Der TÜV prüft und kontrolliert Autos und Waschmaschinen und sogar Bürostühle und andere technische Geräte. Ohne die Prüfer würden massenhaft Autos ohne Bremsen herumfahren und die Gasdruckfedern der Bürostühle würden explodieren. Das behauptet Papa jedenfalls immer. Ohne TÜV würde also ständig irgendein Auto ohne Bremsen in die Turnhalle unserer Schule krachen oder ein Bürostuhl in die Luft fliegen. Und das wäre natürlich blöde, denn wer will schon einen Bürojob machen, wenn einem dabei der Stuhl unter dem Hintern explodieren kann? Und wie sähen dann die Leute

aus, all diese Beamten und Angestellten und ihre Chefs und Oberchefs mit den abgesprengten Popos. Nein, Papa hat natürlich recht: Wenn man lange und gründlich genug darüber nachdenkt, ist der TÜV schon eine rundum gute Sache.

Das Problem mit unserem Vater ist auch nicht, dass er beim TÜV arbeitet. Das Problem ist, dass er das schon so lange macht. Denn mit den Jahren hat diese Prüfarbeit Papa verändert. Ich glaube, er hat da mal als ganz normaler Mensch angefangen. Aber jetzt tickt er, ehrlich gesagt, nicht mehr ganz richtig. Mein Vater traut nämlich überhaupt keinem technischen Gerät mehr über den Weg. Dabei ist völlig egal, ob es ein Auto, eine Taschenlampe, ein Atomkraftwerk oder ein Toaster ist.

Ich weiß noch genau, wie Mama diesen neuen, schicken Toaster gekauft hat. Den hat sie in die Küche gestellt, ihn eingesteckt, losgetoastet und zu Papa gesagt: »Schau mal Horst, sieht der nicht super aus, der neue Toaster?« Mama mag Dinge, die schön aussehen. Sie mag aber auch Papa. Papa mag sie mehr und das ist ein Glück für uns, denn sonst wäre Mama schon längst über alle Berge. So viel ist sicher. Und wenn Toaster Beine hätten, wäre unser Toaster auch längst abgehauen. Garantiert.

Erst hatte Papa ihn nur angesehen. Den Toaster. Er machte das mit einem extrem misstrauischen Blick.

Er guckte wie Knitter, der Kater von nebenan. Wenn der eine Maus im Garten entdeckt, dann lauert er erst so interessiert und doch unsicher. So als wüsste er nicht genau, ob es echt eine leckere, leckere Maus ist oder vielleicht doch der Kopf einer giftigen, giftigen Schlange, die er entdeckt hat. Genauso wie sich Knitter an eine Maus anpirscht, pirschte sich mein Vater an den Toaster an. Er zog erst mal den Stecker aus der Dose. Dann schüttelte er den Toaster. Sah ihn von allen Seiten an und murmelte: »Ja, ja, hübsch aussehen, davon verstehen sie was, diese – Geräte.«

Bevor Papa das Wort *Gerät* sagt, macht er immer so eine kleine Pause. Als könnte so ein – Gerät die Küchenmöbel unter Starkstrom setzen, nur weil jemand das Wort *Gerät* unbedacht und ohne Pause sagt.

Dann kam der Test. »Aber was passiert, wenn man es anschließt? Ist da auch ein Klemmschutz? Gibt es einen Notausschalter? Ist das – Gerät schon mal runtergefallen? Sind da im Innern vielleicht Schrauben angebrochen? Plastikteile verhakt? Kabel gelöst? Und wenn wir es nun einschalten, was wird es dann tun, das – Gerät?«

Um all diesen Fragen auf den Grund zu gehen, hat Papa den armen Toaster erst mal in seine Einzelteile zerlegt, dann nicht mehr zusammengekriegt, mit hitzebeständigem Isolierband umwickelt und noch mit

ein paar Sicherheitsmodulen verbessert. Mamas Toaster sah danach nicht mehr aus wie ein schicker, neuer Designer-Toaster, sondern eher wie eine selbst gebastelte Zeitbombe.

»Jetzt sieht er nicht mehr ganz so hübsch aus«, sagte Mama etwas enttäuscht.

Papa strahlte zufrieden, rieb sich die Hände und sagte: »Aber sicher!«

So ist Papa. Er traut keinem – Gerät. Es sei denn, er hat es selbst auseinandergebaut, geprüft, gesichert und wieder zusammengeschraubt – oder eben selbst gebastelt. Und wenn unser Vater etwas bastelt, dann kommt dabei garantiert etwas heraus, das

1. total beknackt aussieht
2. wahnsinnig kompliziert zu bedienen ist
3. keinen Spaß macht, mit dem sich aber niemand verletzen kann, weil es
4. hundertprozentig SICHER ist.

Papa baut Silvesterraketen, die nicht fliegen. Er erfindet Böller, die so leise *piff-paff* machen, dass sie selbst Kater Knitter nicht erschrecken können. Auch die Taschenlampen, die Papa für uns gebastelt hat, leuchten nur so funzelig, dass sie garantiert niemanden blenden. Dafür sind sie aber irre klobig und sehen echt bescheuert aus, weil er sie mit zwei Tonnen Isolierband umwickelt hat, damit wir nur ja keinen Stromschlag bekommen können. Mit den Dingern haben wir uns bei der Nachtwanderung auf der Klassenfahrt nicht nur lächerlich gemacht; nein, weil das Licht viel zu schwach war, ist Jolanthe am Ende der Nachtwanderung auch noch volle Kanne vor einen Baum gerannt.

Wenn ausgerechnet so ein Vater ausgerechnet eine Woche vor so einem wichtigen Ereignis wie unserem Geburtstag nur noch im geheimen Labor rumlötet, dann kann man schon das Schlimmste befürchten.

Denn ich hatte einen Wunsch. Und was für einen: Ich wünschte mir eine MountRox-QFX-3-Kletterausrüstung, mit Gurt, Seil und Karabinerhaken. Mit dieser Ausrüstung wollte ich in der Kletterhalle üben und dann mit Mama und meinem Freund Dario an den Klippen rumkraxeln. Das war mein Wunsch. Mein größter Wunsch. Und ich war mir absolut nicht sicher, ob der in Erfüllung gehen würde. Jolanthe wollte einen schicken Reithelm mitsamt der Erlaubnis, endlich, endlich Reitunterricht zu kriegen. Aber wenn Papa Kletterausrüstung und Reithelm selbst bastelte, was dann?

Ich musste wissen, was eine Woche vor unserem Geburtstag im geheimen Labor passierte und darum guckte ich durchs Schlüsselloch.

Ich sah den qualmenden Lötkolben auf dem Tisch. Das war der Beweis, dass Papa bastelte. Aber es war noch viel schlimmer. Denn ich sah meinen Vater. Der drehte anscheinend völlig durch. Er stand vor seinem Geheimschrank, an dem er einen Spiegel angebracht

hatte. Und er machte vor diesem Spiegel so eine Art Gymnastik. Er hob den Arm. Er senkte den Arm. Er winkte sich selbst zu und sagte dazu immer wieder: »Sehr schön, sehr schön.«

Arm rauf. Arm runter. Das war sehr schön? Papa bastelte nicht nur. Papa hatte den Verstand vollständig verloren und vermutlich irgendwo beim TÜV abgegeben – und das kurz vor unserem Geburtstag!

Ich schlich mich aus dem Keller rauf. Ich musste Jolanthe warnen.

Meine Schwester saß wie immer auf ihrem Bett, hatte wie immer ein Pferdebuch vor der Nase und tat wie immer so, als hätte sie erstens schon längst gewusst, dass ich gerade jetzt ihr Zimmer betreten würde, und zweitens keine Zeit, sich um mich zu kümmern.

Ganz großschwesterlich saß sie da. Hob nur den Zeigefinger, ohne vom Buch aufzusehen. Dann erst ließ sie das Buch sinken und sah mich so an, wie nur Jolanthe gucken kann. »Was willst du, kleiner Bruder?« Das sollte ihr Blick sagen.

Wie gesagt: Wir sind Zwillinge! Und somit gleich alt. Aber irgendwie glaubt Jolanthe, dass sie, weil sie bei unserer Geburt schneller aus Mama draußen war als ich, in allem und immer schneller sein wird als ich. Dreieinhalb Minuten. Lebenslänglich. Und darum glaubt Jolanthe, dass sie alles besser weiß und mir was zu sagen hat. Ihr überheblicher Gesichtsausdruck erstarrte allerdings, als ich sagte: »Papa bastelt.«

Jolanthe fiel das Buch aus der Hand. »Nein!«

»Doch!«

»Woher weißt du das?«

»Selbst gesehen.«

Jolanthe überlegte kurz. Aber dann sagte sie. »Ach was, wird schon nicht so schlimm werden. Die Einladungen für unsere Party sind verteilt und am Montag werden alle unsere Freunde sagen, dass sie gerne kommen, und dann essen wir Kuchen und überlassen Mama die Geburtstagsplanung und alles wird gut.« Sie lächelte. Sie nahm ihr Buch wieder hoch. »Mama hat unsere Geschenke doch bestimmt längst besorgt. Mach dir keine Sorgen, kleiner Mann.«

Normalerweise explodiere ich, wenn Jolanthe so blöde daherlabert. Ich explodiere wie ein Bürostuhl, der sich am TÜV vorbeigemogelt hat. Aber an diesem Samstagabend dachte ich nur: Hoffentlich hat sie recht. Meine *große* Zwillingsschwester.

Ein Schlag ist ein heftiges, unerwartet auftretendes Ereignis. Wie ein echter, guter Paukenschlag: Der macht genau dann *rums*, wenn keiner damit rechnet. Oder der Schlag eines Boxers: Der trifft einen auch so *zack-bumm*, dass es einen aus den Latschen haut.

Schlimmer als ein Paukenschlag oder ein Boxschlag ist ein Schicksalsschlag.

Ein Schicksalsschlag ist so eine Art plötzlich auftretendes Superpech. Wenn ein Schicksalsschlag auch noch als Schlaganfall daherkommt, kann einen das gleich doppelt umhauen, und das war, wenn ich es richtig verstanden hatte, bei Oma der Fall. Ein Schlaganfall entsteht, wenn das Gehirn eines Menschen nicht genug Sauerstoff bekommt. Das passiert zum Beispiel, wenn man recht enge Adern hat und die mit irgendwas verstopft werden.

So ein Schlaganfall ist wie ein Paukenschlag oder ein Boxschlag. Er kommt unangekündigt. Die Adern rufen nämlich nicht vorher an und sagen: »Hallo Omilein, in den nächsten drei Wochen wären wir dann so weit, wir verstopfen dann mal dein Gehirn.«

Nein, so läuft das leider nicht. Denn sonst wäre Oma garantiert nicht nach Südamerika gereist. Ist sie aber doch und der Schlaganfall ist heimlich mitgekommen und hat sie dann in Rio de Janeiro komplett aus den Latschen gehauen.

Ein Schlaganfall ist lebensgefährlich. Man kann ihn überleben, muss aber sehr schnell ins Krankenhaus.

Oma hatte Glück: Ihre Freundin hat sie sofort in ein Krankenhaus eingeliefert. Dann hat sie Mama angerufen. Mitten in der Nacht auf Sonntag war das.

Als ich am Sonntagmorgen in die Küche kam, saß

Mama schon auf einem gepackten Koffer und trank noch einen Schluck Kaffee. Der Koffer war wohl neu. Er passte nicht in unsere Küche. Er sah fast so schön aus wie Mama.

Unsere Küche ist, mal abgesehen von Papas Geheimlabor, der vermutlich verrückteste Raum im Haus. Mama hat die Küche selbst geplant. Die Schranktüren sind in modischem Orange und Hellblau gehalten. Die Griffe, die Arbeitsplatten, die Geräte, alles hatte elegant und geschliffen ausgesehen. Allerdings nur die ersten zwei Stunden nach dem Aufbau. Denn dann kam Papa nach Hause und schraubte alles auseinander, prüfte und baute es etwas sicherer wieder zusammen.

»Niemand hat eine so hässliche Küche!«, stöhnte Mama, als Papa nach einer Woche endlich fertig war.

»Aber sicher!«, hatte Papa gesagt.

Vor unserer Mikrowelle hängt seitdem ein Gittergeflecht aus Kupfer, das die Strahlung im Zaum halten soll. Die Schalter des Herds sind hinter einem klobigen Vorbau versteckt, der nur durch einen Zahlencode zu öffnen ist. Diesen Code (1414) sollen wir nicht wissen, kennen wir aber schon lange. Die Messerschublade ist so hoch angebracht, dass sogar Mama eine Trittleiter braucht, um an die gefährlichen Kochgeräte zu kommen. Die schönen, schlichten Griffleisten, die Mama ausgesucht hatte, hat Papa von

Hand abgefeilt und zusätzlich noch mit dicken Schaumstoffpolstern in Orange und Weiß abgepuffert. Die Türen stehen immer einen Fingerbreit offen – als Klemmschutz. Und natürlich kleben überall gelb-schwarze Warnhinweise.

In dieser Sicherheitslandschaft saß Mama auf ihrem türkisen Rollkoffer, der noch nicht mal einen Klemmschutz am Reißverschluss und keine zusätzlich angebastelten Schutzbleche oder Stoßstangen hatte, und sah mich traurig und ernst an.

»Oma ist im Krankenhaus in Rio. Sie lebt, aber ich muss sofort hinfliegen. Ich hoffe, dass ich zu eurem Geburtstag am Samstag wieder da bin. Aber versprechen kann ich es leider nicht, Carlo.«

»Wir kriegen das schon hin.« Papa kam in die Küche, goss sich einen Kaffee ein und genehmigte sich einen ordentlichen Schluck. Ich dachte: Oh, Papa. Kriegen wir das echt hin? Da müssen wir uns aber ganz schön zusammenreißen.

Aber irgendwie ist Papa nicht nur ein irrer Typ vom TÜV. Papa ist auch Papa. Er wuschelte mir über den Kopf, wie nur Papa es kann, und sagte: »Mach dir keine Sorgen, Carlo. Wir haben doch noch eine Woche Zeit.«

Ich weiß nicht, wie Papa das immer macht. Aber wenn er mich trösten will, dann schafft er das normalerweise auch sofort.

Natürlich können wir auch mit Papa Geburtstag feiern, dachte ich. Und ganz sicher würde sich Papa alle Mühe geben, dass es ein schöner Geburtstag für uns und unsere Gäste werden würde.

Als Jolanthe in die Küche geschlurft kam, zog sich Mama schon den Mantel an.

»Ich melde mich, wenn ich gelandet bin«, sagte sie. Mama ist immer ein bisschen nervös, bevor sie in ein Flugzeug steigt. Sie hat kein Problem mit Toastern oder Fahrrädern und sie ist schon am Mont Blanc herumgekraxelt. Aber vor Flugzeugen hat sie Angst.

»Du hast eines der sichersten Flugzeuge der Welt gebucht«, versuchte Papa sie zu beruhigen. »Damit sind erst drei Abstürze passiert. Statistisch gesehen ...«

»Mein lieber, reizender Horst«, unterbrach Mama. »Es ist nicht nötig, vor dem Flug vom Abstürzen zu sprechen.«

»Aber ich dachte, das beruhigt dich?«, fragte Papa etwas verwirrt.

Mama lächelte. Sie küsste ihn. »Es beruhigt mich nicht, dass Flugzeuge abstürzen können. Aber das macht nichts. Ich hab dich trotzdem lieb. Und euch auch!« Sie küsste Jolanthe. Sie küsste mich. Dann kam das Taxi. Jolanthe lächelte müde ihr wissendes *Wird schon, wird schon*-Lächeln.

Aber ich achtete nicht darauf, denn ich hörte genau, wie Mama im Flur noch zu Papa sagte: »Mach ihnen einen schönen Geburtstag, Horst! Und denk an die Geschenke!«

»Aber sicher! Die Geschenke sind kein Problem und die Party kann steigen«, antwortete Papa. »Mach dir keine Sorgen. Ich hab alles unter Kontrolle.«

Das hat er echt gesagt! »Ich hab alles unter Kontrolle.« Das hätte ich lieber nicht gehört. Ich wollte eine Kletterausrüstung und keine TÜV-geprüften und selbst gebastelten Schneekugeln oder splitterfreien Holzwürfel, die Papa *unter Kontrolle* hatte.

Aber Oma lag im Krankenhaus in Rio und Mama zitterte um Omas Leben. Und da wäre ich mir ja echt wie ein blöder kleiner Wicht vorgekommen, wenn ich losgejammert hätte, dass Mama dableiben solle. Manchmal geht es eben nicht um Jolanthe oder mich. Sondern um Leben oder Tod. Andererseits ist ein Geburtstag ein Geburtstag. Und wenn ich an Papas Gymnastik im Keller dachte, wurde mir schon ein bisschen übel.

Ich steckte ein Toastbrot in den Toaster, hielt meinen Zeigefinger auf den Fingerabdruckscanner.

»Carlo möchte ein Toastbrot toasten«, sagte der kleine Lautsprecher, den Papa vor den Toaster gebaut hatte. »Steht der Toaster sicher? Ist auch nichts Brennbares in den Schlitz geraten? Dann kannst du jetzt die Taste runterdrücken. Beachte aber, dass du den Raum nicht verlassen darfst, solange der Toaster eingeschaltet ist.«

Ich hörte bei dieser Ansage schon längst nicht mehr zu. Sie war so normal für Jolanthe und mich wie das Knistern der Toastbrotverpackung oder das Einrastgeräusch des Toasters.

Draußen fuhr das Taxi ab. Ich winkte Mama durch das Küchenfenster nach. Oh, Mama. Komm bitte, bitte rechtzeitig nach Hause. Und zwar am besten mit Oma. Und schenk mir einen Klettergurt, dachte ich.

»Mach nicht so ein Gesicht, Carlo!«, sagte Jolanthe. »Oma wird überleben.«

»Warum bist du da so sicher?«, fragte ich.

»Denk doch mal nach! Bisher hat Oma doch auch alles überlebt!« Jolanthe grinste.

Woher nahm die nur ihre gute Laune?

Das Telefon klingelte. Papa ging dran. Er redete und redete mit seinem Chef, Herrn Doktor Huber. Irgendwas war wohl sehr dringend und zwar in Süddeutschland, so dringend, dass der Chef sogar am Sonntagmorgen anrufen musste.

»Ja klar, schon schwierig im Augenblick, weil meine Frau ... Aber nein, aber nein, schicken Sie nicht den Schmidt-Balwasen. Das geht in die Hose. Ich mach das schon irgendwie. Nein, nein, kein Problem, Herr Doktor Huber, ich kümmere mich natürlich persönlich darum. Aber sicher, aber sicher.«

Ich konnte nicht so richtig zuhören, was Papa da im Flur mit seinem Chef besprach. Denn Jolanthe fing mit ihrem Geburtstagsgeplapper an.

»Wir müssen Papa genau sagen, was wir an unserem Geburtstag machen wollen. Er soll sich um die Torte kümmern.« Sie kritzelte die wichtigsten Punkte auf einen Zettel. »Und er soll den Ponyhof buchen, dann kann ich den neuen Reithelm direkt ausprobieren.«

Ich schnappte den Toast, der aus dem Toaster sprang, noch bevor der Warnhinweis aus dem Lautsprecher kam: »Vorsicht, die Scheibe ist noch heiß.«

Ponyhof? Mit Dario und den Jungs? Und das unter der Kontrolle unseres Vaters?

»Vergiss es!« Ich habe nichts gegen Ponys. Ich weiß, dass es viele Jungs gibt, die Pferde und Ponys blöd fin-

den. Finde ich nicht. Aber was würde Papa mit uns anstellen, wenn wir auf einen Ponyhof gingen? Vermutlich müssten wir antiallergene Astronautenanzüge mit Atemschutzmasken anziehen, bevor wir auch nur in die Nähe des Reiterhofs kämen. Und auf solche Spielchen hatten Dario und die Jungs ganz bestimmt keine Lust ... vor allem nach der Sache im letzten Jahr.

»Wie wärs mit Kletterhalle?«, schlug ich vor. »Dann kann ich gleich meinen neuen Klettergurt ausprobieren.«

Jolanthe verdrehte die Augen. »Klettern? Mit Papa?« Sie zeigte mir einen Vogel. »Warum nicht gleich Fallschirmspringen?«

Ich warf einen Blick in den Flur. Papa schwitzte noch am Telefon. Also donnerte ich mir eine extragroße Ladung Nussnougatcreme aufs Toastbrot. Und noch ehe Papa aufgelegt hatte, versteckte ich die leckere Schmiere unter einer zweiten Toastbrotscheibe.

Papa betrat die Küche. Er rieb sich die Hände. »Das wird eine hochinteressante Woche, Kinder!«

Wie recht er haben sollte, ahnte ich da noch nicht. Er aber auch nicht, glaube ich.

Die Tätowierung

Als Arlo mir in der Schule für den Geburtstag absagte, hab ich noch geantwortet: »Okay, schade. Aber klar, wenn deine Uroma hundert wird, dann geht das natürlich vor.«

Dann kam aber auch noch Dario zu mir und Marie ging zu Jolanthe und beide sagten, dass sie am Samstag keine Zeit hätten, weil ihre Uromas hundert würden.

Und weil Dario und Marie nicht kommen wollten, schüttelten in der Pause dann auch noch Alessandro und Caramba die Köpfe. Sie faselten irgendwas von ihren Opas, die am Freitag einen Schlaganfall kriegen würden, und dann sei am Samstag wohl die Beerdigung.

Da hab ich natürlich gemerkt, dass irgendwas nicht stimmte. Klar, so ein Opa kann einen Schlaganfall kriegen. Und dass eine Uroma hundert Jahre alt wird, das kann natürlich schon mal vorkommen ... Aber drei an einem Tag? Das war doch kompletter Blödsinn!

Jolanthe stand neben Matze auf dem Pausenhof. Von ihrer besserwisserischen Miene und der extrem guten Laune war nichts mehr übrig.

»Lässt du uns etwa auch im Stich?«, fragte ich den rundum gemütlichen Matze.

Matze schüttelte den Kopf und biss in seinen kalten Hamburger. »Ich? Niemals! Ich komme. Ganz egal, was passiert. Hauptsache, es gibt Torte.«

»Aber warum sagen alle ab?«, fragte ich.

Jolanthe zuckte mit den Schultern. »Ist mir ein Rätsel.«

Matze sah von Jolanthe zu mir. Und dann wieder zu Jolanthe. Er guckte so wie unsere freundliche und geduldige Lehrerin, Frau Schneider, Caramba immer anguckt, wenn er mal wieder die simpelsten Matheaufgaben nicht schnallt. Mit einem Wort: Matze guckte fassungslos.

»Haben wir was falsch gemacht?«, fragte ich.

Matze wiegte den Kopf hin und her. »Na ja, ihr hättet vielleicht nicht überall herumerzählen sollen, dass eure Mutter am Geburtstag nicht zu Hause sein wird.«

»Aber was hat unsere Mutter damit zu tun?«, fragte Jolanthe.

Matze räusperte sich. »Also, der letzte Geburtstag

bei euch war ja nicht so richtig der Hammer. Ich meine, ich fands ja witzig und die Torte war spitze. Aber diese Fahrradtour war nicht so die abenteuerlichste Strecke, oder? Und dass euer Vater alle BMX-Räder kaputtgeschweißt und dann behauptet hat, dass sie so bescheuert aussehen müssen, weil sie nur dann verkehrssicher sind, das fanden jetzt nicht alle Gäste sooo gut.«

Ich wusste es noch genau. Alle waren sauer gewesen. Dario wollte mir sogar schriftlich die Freundschaft kündigen und sein Vater hat später am Abend auch noch angerufen und sich beschwert. Papa hatte Angst, dass sich Dario verletzten könnte, und da hat er Schutzbleche angebracht und einen Kettenschutz und allerlei Polster und den Rahmen etwas verstärkt.

Sah schon nicht mehr aus wie ein besonders cooles BMX-Rad, als er fertig war. Und die Strecke war auch ein bisschen langweilig gewesen. Wir sind immer im Kreis gefahren. Auf einem abgesperrten Asphaltplatz. Ohne Autos, ohne Ampeln, ohne Landschaft und ohne Gefahr. Aber eben auch ohne Spaß.

Matze zuckte mit den Schultern und sagte: »Jetzt mal im Ernst: Das war kein Abenteuergeburtstag, wie wir ihn uns vorstellen.«

Ich sah vor mir auf den Betonboden des Schulhofs. Auch Jolanthe trippelte verlegen von einem Bein aufs andere. Ich wollte nichts mehr von diesem Geburtstag hören. Ich wollte ihn vergessen.

»Und die Sache mit den Fahrradhelmen, die euer Vater sicherer gemacht hat. Keiner will so einen Helm tragen! Da waren sogar die Eltern sauer«, fuhr Matze fort.

Ich dachte nur: Erwähn bitte nicht das Topfschlagen, damals im Kindergarten!

»Und wenn ihr mal so vergleicht: Mit Charly waren wir im Kino, mit Alessandro gings auf die Achterbahn, wir waren schon reiten und schwimmen bei Geburtstagen. Wie gesagt, ich find's auch immer ganz prima bei euch. Aber wenn ihr an den Kindergarten und das Topfschlagen damals denkt ...«

Ich winselte: »Red nicht mehr vom Topfschlagen, Matze! Bitte! Ich hab's gerade so schön vergessen!«

Matze zuckte mit den Schultern. »Die anderen aber eben nicht. Ich fand diese Schutzanzüge und die Helme ja eigentlich ganz cool. Nur dass der Löffel aus Schaumstoff war und man den Topf nicht hören konnte, wenn man ihn erwischte, das war schon hammerdämlich.«

Jolanthe seufzte, als es zum Ende der Pause läutete. »Und du bist dir sicher, dass alle kommen, wenn wir so einen Überlebensgeburtstag feiern? Also irgendwie so was wie nackt im Wald ohne Eltern übernachten?«

»Logisch.« Matze nickte. »Auch eure Einladung zu Ponyreiten oder Kletterhalle ist völlig okay. Aber ohne die TÜV-Prüfungen von eurem Vater. Wenn ihr das schafft, kommen die anderen garantiert.«

»So, die Damen und Herren, geht ihr dann auch mal in eure Klasse?«, fragte die ungeduldige Frau Silbermann.

Ich seufzte. »Das wird nichts. Die Party können wir vergessen!«

Ich schleppte mich ins Schulhaus. Ich schleppte mich durch den Rest des Vormittags. Ich hätte heulen können. Einen ganzen Fluss, einen Strom, ein Meer von Tränen hätte die ganze Schule überschwemmen können, so enttäuscht war ich. Dabei konnte ich Dario, Arlo, Marie und den anderen noch nicht mal böse sein. Klar, sie hatten alle gelogen, was die Uromas und die sterbenden Opas anging. Aber das war im Grunde schon in Ordnung, denn es war ja viel freundlicher, Märchen vom toten Opa zu erzählen, als zu sagen: »Wir kommen nicht zu dir, weil dein Vater total beknackt ist und eine Party keinen Spaß macht, wenn der Kerl in der Nähe ist.« Schließlich ist mein Vater immer noch mein Vater und der meint das ja nicht böse.

Auch Jolanthe wusste nicht weiter. Und ehrlich gesagt: Sosehr mich das normalerweise nervt, wenn sie alles besser weiß, diesmal hätte sie ihren Dreiminutenwissensvorsprung ruhig ausnutzen können. So grummelten und brummelten wir uns nach Hause. Es war schrecklich. Denn die Wahrheit war: Wir hatten keine Ahnung, wie dieser Geburtstag noch zu retten war.

Als wir nach Hause kamen, war Papa schon da. Und er hatte schon gekocht. Das war außergewöhnlich, denn das schafft er sonst nie, weil er von der Arbeit zu uns hetzt.

»Ich hab mir die Woche für euch freigenommen«, verkündete er und lehnte stolz im Türrahmen zur Küche.

Seltsam war auch, dass er sich ganz genau an Mamas Bolognese-Rezept gehalten und nicht etwa das Fleisch durch Soja, die Nudeln durch Schwarzbrot und den Parmesan durch Rosenkohl ersetzt hatte. Nur essen wollte er nichts.

»Ich hab keinen Hunger«, sagte er und sah uns ganz freundlich zu, wie wir uns die Fleischsoße reinhauten. Noch nicht mal Kaffee hat er getrunken.

Nach dem Essen setzte Jolanthe ihr liebstes Gesicht auf und flötete los: »Papilein?«

Papa drehte sich herum.

»Ja?«

»Wir müssen dringend über den Geburtstag reden. Dürfen wir den auf dem Ponyhof feiern? Da ist es auch nicht so gefährlich wie bei einer Schatzsuche im Garten.«

Ich hätte sie würgen können! Jolanthe war ja so blöd! An den Ponyhof glaubte sie doch wohl selbst nicht.

»Nun, wir könnten schon. Da muss ich mich natürlich erst mal um die Sicherheit der – Geräte kümmern«, hörte ich Papa aus der Küche rufen. »Da müssen wir uns was wegen der Stürze und der Allergien ausdenken. Aber ansonsten ...«

Ich wollte es nicht hören. Ponyhofgeburtstag mit Papa! Da würde keiner, garantiert keiner kommen. Außer Matze.

Jolanthe versuchte Papa seine Sicherheitschecks auszureden und ihm zu erklären, dass ein Pony kein – Gerät sei.

Ich schaltete den Fernseher ein. Ich war mir sicher, dass Papa mir das gleich verbieten und was von Hausaufgaben erzählen würde. Aber es war mir egal. Ich wollte alles hören und alles sehen, nur nicht mitkriegen, wie Jolanthe einen Ponyhofgeburtstag für uns beide einfädelte, von dem sie selbst wissen musste, dass kein Schwein kommen würde. Im Fernsehen lief ein Karatefilm. Und ich dachte: Karategeburtstag!

»Wie wär's denn mit einem Karategeburtstag?«, rief ich Richtung Küche.

Jolanthe schickte mir einen Blick rüber, der mich zerlegen sollte. Klappte aber nicht. Ich fühlte mich nicht zerlegt. Kein Stück.

»Carlo, würdest du bitte ...«, sagte Papa. Weiter kam er nicht. Denn er blieb mit der Hose an der Türklinke hängen, lief aber mit so viel Kraft und Schwung weiter Richtung Wohnzimmer, dass seine Hose hinten riss. Dadurch war er plötzlich wieder frei, geriet aus dem Gleichgewicht und drehte sich einmal um sich selbst, was ziemlich irre aussah. »Hoppla!«, sagte er noch und versuchte sich zu fangen, aber nun segelte er mit dem Hintern zuerst auf die Kante vom Couchtisch. Von dort flog er auf den Boden, wo er auf dem Bauch liegen blieb.

Papa sagte nichts mehr.

»Papa? Alles okay mit dir?« Ich ließ den Fernseher laufen und sprang zu meinem Vater.

Der lag immer noch reglos auf dem Bauch. Seine Hose und die Unterhose waren zerrissen und Papas Popo guckte raus.

»Papa?« Auch Jolanthe stand vom Tisch auf und kam rüber.

Ich dachte erst, Papa würde Witze machen. Wie er da so lag. So reglos. Aber mein Vater macht keine Witze.

Dann hab ich sie entdeckt. Diese Tätowierung. Die hatte ich noch nie gesehen. Auch Jolanthe starrte darauf.

»Was ist das?«, hauchte sie.

Die Tätowierung sah Papa so richtig ähnlich. Es war keine Giftschlange, kein cooles altes Ritterschwert, nein es waren zwei Schalter. Auf dem einen stand *Ein* und *Aus*. Auf dem anderen stand *Arbeiten* und *Lernen*. Und diese völlig beknackten Tätowierungen hatte Papa ausgerechnet auf seiner linken Pobacke!

Die Tätowierungen waren uns noch nie aufgefallen. Die mussten neu sein. Andererseits hatten wir Papas Hintern jetzt auch nicht sooo häufig und sooo genau unter die Lupe genommen. Es ist ja schließlich sein Hintern und ich finde, der geht uns nichts an.

Aber so zwei Schalter-Tätowierungen ausgerechnet auf der linken Pobacke, die ändern natürlich schon einiges. Der eine Schalter stand auf *Aus*, der andere auf *Lernen*.

Jolanthe rüttelte an Papa. »Papa, Papa! Müssen wir einen Krankenwagen holen?«

Ich sah noch immer auf diese Tätowierung. Was mochte Papa auf der rechten Pobacke haben? Vielleicht eine TÜV-Plakette? Aber als Jolanthe rüttelte und rüttelte, spiegelte sich die Sonne im Schalter. Da bemerkte ich: Das war gar keine Tätowierung!

»Das sind Schalter!«, sagte ich.

»Darum geht es jetzt doch gar nicht, Carlo!«,

schimpfte Jolanthe. »Ruf einen Krankenwagen! Papa hat vielleicht einen Schlaganfall!«

»Das ist kein *An*fall. Das ist ein *Aus*fall«, murmelte ich.

Jolanthe wollte noch etwas sagen. Aber ich war endlich einmal schneller als meine große Zwillingsschwester. Vielleicht war das der Augenblick, in dem ich ihren Dreiminutenvorsprung eingeholt habe. Ich weiß es nicht. Jedenfalls knipste ich den Ein/Aus-Schalter um auf *Ein*.

Der Arbeiten/Lernen-Schalter stand noch immer auf *Lernen*.

Kaum war der Schalter auf *Ein* umgelegt, nahm Papa einen tiefen Atemzug. Er öffnete die Augen. Er sah etwas mitgenommen aus. Er setzte sich aufs Sofa und sagte nichts. Keinen Piep. Keinen Ton. Er starrte einfach nur auf den Fernseher. Den Mund hatte er etwas geöffnet. Die Zunge lag auf der Unterlippe. Ehrlich gesagt, guckte Papa so blöde wie noch nie. Er starrte auf den Karatefilm im Fernsehen.

»Alles okay mit dir?«, fragte Jolanthe.

Aber Papa ließ sich nicht ablenken. Er sah auf den Bildschirm. Ich wusste nicht, was mit meinem Vater passiert war. Er hatte irgendwie was abgekriegt. Und es stimmte so einiges nicht mit ihm. Denn woher und seit wann hatte er diese Schalter am Hintern? Und warum starrte er nur mit diesem dämlichen Gesichtsausdruck auf die Mattscheibe? Er war nicht auf den Kopf gefallen, insofern musste der Kopf ja noch richtig funktionieren. Aber vielleicht hatte sich Papa vorgenommen, mal witzig und überraschend und lustig zu sein? Dass wir Karate gucken konnten, statt Hausaufgaben zu machen, fand ich jedenfalls prima. Also legte ich die Füße auf den Couchtisch und sah mit Papa fern.

Jolanthe stand kopfschüttelnd daneben. Dann hob sie den Zeigefinger und wollte etwas sagen, aber es ging Schlag auf Schlag und das in einer so raschen Abfolge, dass sogar meiner Schwester die Worte fehlten.

Die Samurai im Fernsehen kämpften gerade mit den Generälen des bösen Kaisers. »Aus dem Weg! Aus dem Weg! Dies ist ein Notfall!«, schrien die Generäle des Kaisers und sofort gingen die Samurai zum Angriff über. Einer von ihnen wurde in ein Haus gedrängt, zertrümmerte erst eine Bank, dann einen Tisch mit der Handkante, stapelte den Schrott hübsch als Brennholz an der Wand auf, nahm sich ein Tischbein als Knüppel und stürzte sich damit den Angreifern entgegen. Er hatte die Generäle ruck zuck entwaffnet. Jetzt warfen die mit Töpfen, hässlichen Porzellan-Vasen und allem möglichen Kram nach dem armen Samurai. Der hatte aber Superreflexe und ein Herz für hässliche Vasen und fing alle Gegenstände auf, die die Generäle ihm entgegenschleuderten. Es war eine Superszene, fand ich.

Da passierte es. Papa plinkerte einmal mit den Augen. Dann holte er mit der Handkante aus. Ich zog die Füße im letzten Augenblick vom Couchtisch. Schon krachte Papas Handkante darauf. Der Tisch splitterte. Papa machte weiter. Er hakte mit der Hand den Tisch kurz und klein.

»Papa!«, rief Jolanthe. »Was soll das?«

»Cool!« Ich konnte es kaum fassen! Papa konnte Karate. Er tat sich anscheinend nicht mal weh! Er zerhackte unseren Tisch in schöne Brettchen, die er an der Wand aufstapelte. Genau wie der Samurai im Film.

Dann sah er mich an und fragte: »Lektion abgeschlossen. Wann ist das Verhalten anzuwenden?«

»Hast du noch alle Tassen im Schrank?«, fragte Jolanthe.

»Fragen als Antworten nicht möglich«, sagte Papa und guckte noch immer so dämlich.

»Du meinst, wann du Karate machen kannst?«, fragte ich. »Na, immer wenn es brenzlig wird!«

»Verhaltensauslöser gespeichert«, sagte Papa. Er klang nicht so richtig nach Papa, obwohl es Papas Stimme war. Er klang ein bisschen wie die automatischen Ansagen auf dem Bahnhof oder die Warnhinweise unseres Toasters. Dann drückte unser Vater sich selbst auf die linke Pobacke und brachte den Lernen/Arbeiten-Schalter in die Position *Arbeiten*.

Kaum war der zweite Schalter in dieser Position, verwandelte sich sein Gesichtsausdruck. Er guckte nicht mehr so dämlich, sondern ganz normal. Und er bemerkte, dass seine Hose kaputt war. Und der Fernseher fiel ihm nun auch auf.

»Wieso guckt ihr jetzt schon fern?«, fragte Papa. »Erst die Hausaufgaben, dann das Vergnügen!«

Wir sahen uns an. Plötzlich war Papa wieder ganz der Alte. Er lief rauf ins Schlafzimmer, zog sich eine frische Hose an. Dann kam er wieder runter und deckte den Tisch ab.

»Was machen wir denn nun mit eurem Geburtstag?«, fragte Papa. »Ponyhof, Kletterhalle oder lieber eine Schatzsuche hier im Garten?«

Jolanthe war so verdattert, dass sie nicht mehr Pony sagen konnte. Sie stotterte nur: »Po-, Po, Popohof.«

Das verstand Papa erst nicht. Aber dann stammelte Jolanthe doch noch was von Ponyhof.

Jolanthe setzt sich immer durch mit ihrem Dickschädel. Und das habe ich ihr nicht gegönnt. Deshalb hab ich gesagt: »Ist das nicht viel zu gefährlich? Wenn so ein Gaul mit einem durchgeht, dann kann schon eine brenzlige Situation entstehen.«

»Brenzlige Situation? Wo?« Papa nahm sofort die Haltung eines Karatekämpfers ein.

Er guckte voll ernst. Genau wie der Samurai im Fernsehen. Ich war mir echt nicht sicher, ob er uns auf den Arm nehmen wollte. Jolanthe guckte passenderweise so blöde wie ein Pferd. Ich warf Papa ein Kissen zu. Genau wie der General im Karatefilm. Papa fing es auf. Haute mit der Handkante einen hübschen Knick rein und legte es auf den Sessel. Ich warf das nächste Kissen, dann eine Tasse, einen Teller, Messer, Gabel, Löffel. Papa wich immer weiter in die Küche zurück, aber er fing das Geschirr sehr schön auf und stapelte es auf der Arbeitsplatte über der Spülmaschine.

»Mensch, Papa, wo hast du denn die tollen Reflexe her?«, fragte ich meinen Vater.

»Gelernt ist gelernt«, sagte Papa. »Aber wir müssen dringend Silikonstreifen um die Teller kleben. Das ist viel zu gefährlich, wenn die so durch die Gegend fliegen.«

Ich war völlig von den Socken. So cool hatten wir den Mittagstisch noch nie abgeräumt.

»Was ist nun mit dem Ponyhof?«, fragte Papa. »Soll ich den Sicherheitscheck für den Kindergeburtstag machen?«

Ich schüttelte den Kopf. Ich zwinkerte Jolanthe zu. Und ich hoffte, dass meine Schwester ein Mal, ein einziges Mal, auf mich hören würde.

»Wir würden noch lieber einen Karategeburtstag mit dir feiern, Papa«, sagte ich.

Jolanthe war noch viel zu verwirrt, um etwas dagegen zu sagen. Sie betrachtete Papa. Sie legte den Kopf schief. Sie konnte offensichtlich nicht glauben, was sie eben gesehen hatte. Völlig klar. Papa hatte ein paar tolle Geheimnisse und eine viel größere und bessere Macke, als wir bisher gedacht hatten: Er hatte zwei Schalter am Hintern und er konnte vom Fernsehen Karate lernen. Als ich mir das durch den Kopf gehen ließ, guckte ich bestimmt so dämlich wie Jolanthe und das Pferd. Denn das ergab ja irgendwie überhaupt keinen Sinn. Mir wurde schwindelig. Deshalb dachte ich lieber nicht mehr länger darüber nach.

Eine supergute Idee oder ein Riesenmist

Als ich an diesem Abend im Bett lag, hörte ich Schritte vor meiner Tür. Ich versteckte das Pferdebuch von Jolanthe, das ich mir sozusagen ausgeliehen hatte, schnell unter dem Kopfkissen und tat so, als würde ich schlafen.

Natürlich darf Jolanthe niemals erfahren, dass ich ihre Pferdebücher lese. Ich weiß nicht, ob jeder Mensch ein kleines Geheimnis hat, das er für sich behält. Ich habe jedenfalls eins und das ist meine Vorliebe für Pferdegeschichten. Denn Pferdegeschichten tun mir irgendwie nichts Böses. Da ist immer ein Mädchen und ein Pferd und beide lernen sich kennen, aber erst nicht richtig. Dann geht es um Leben und Tod und einer (meistens das Pferd) stirbt, aber nur fast. Manchmal sterben auch beide (Mädchen und Pferd),

aber auch nur fast. Und am Ende ist alles gut. Für das Mädchen und das Pferd. Ich glaube, das ist es, was ich an Jolanthes Pferdebüchern am liebsten mag: Am Ende wird alles gut. Ganz egal, was passiert.

Es wäre natürlich schon superpeinlich, wenn Jolanthe mich mit einem dieser rosa-türkis glitzernden Bücher erwischen würde. Wenn ich nur dran denke, dann werden meine Ohren so heiß, dass ich damit ein Gewächshaus am Nordpol heizen könnte. Und was erst an der Schule los wäre, wenn irgendwer erfahren würde, dass ich solche Bücher freiwillig ohne Schutzhandschuhe anfasse! Ich fühlte mich deshalb ertappt, als Jolanthe in mein Zimmer kam und fragte: »Was ist hier los, Carlo?«

»Ich, tja, also, weiß auch nicht ...«, versuchte ich mich rauszureden.

Aber Jolanthe hörte gar nicht zu. Sie setzte sich auf mein Bett. »Hast du diese Schalter gesehen? Warum hat Papa Schalter am Hintern? Seit wann? Warum haben wir die nicht viel früher gesehen? Und ist dir auch aufgefallen, dass er nichts mehr isst und nichts mehr trinkt?«

Ich atmete auf. Sie hatte das Pferdebuch nicht gesehen. Sie dachte nur an Papa. Klar, normale Väter haben keine Schalter. Nicht am Arm, nicht auf dem Kopf und auch nicht an der linken Pobacke. »Also, wenn du mich fragst, dann ...«

Aber Jolanthe war mal wieder drei Minuten vor meiner Zeit unterwegs. Sie unterbrach mich. »Pssst!«

Wir lauschten. Da rumpelte etwas. Und es kam nicht aus Papas Schlafzimmer. Es kam von unten.

»Einbrecher?«, flüsterte Jolanthe.

»Quatsch!« Ich kontrollierte unauffällig, ob das Pferdebuch noch am Platz unter meinem Kopfkissen lag, und stieg aus dem Bett. Ich angelte den Isolierbandklotz, der meine Taschenlampe sein sollte, vom Regal. »Komm, wir gucken nach!«

Jolanthe folgte mir. Die Tür zum Schlafzimmer unserer Eltern stand offen. Aber Papa lag nicht im Bett. Das Bett war noch ordentlich gemacht und unberührt.

Wir schlichen runter ins Erdgeschoss. Papa war nicht im Wohnzimmer, der Couchtisch stand noch immer schön zerhackt und in ordentlichen Holzscheiten aufgestapelt an der Wand. In der Küche surrte nur die Spülmaschine – und natürlich die klobige Radarsicherungsanlage, die darüber wachte, dass die Spülmaschine nicht auslief.

»Keller?«, fragte Jolanthe.

»Keller!«

Ich wollte meiner großen Schwester eigentlich den Vortritt lassen. Schließlich ist sie ja angeblich dreieinhalb Minuten reifer und klüger als ich. Aber mutiger als ich ist sie nicht. Das hat sie in dieser Nacht bewiesen. Sie bewegte sich kein Stück vorwärts, als ich ihr die Kellertür aufhielt. Also packte ich meinen Taschenlampen-Klebebandklotz fester. Dann schlich ich die Treppe runter. Die vierte Stufe von unten knarrt immer besonders laut. Die ließ ich aus. Auch Jolanthe achtete darauf, dass sie da nicht drauftrat.

Wir hörten eine Stimme. Papas Stimme. Und sie kam aus dem Labor. Der schien mit sich selbst zu sprechen. Ich tat das, was ich schon zwei Tage zuvor getan hatte. Ich sah durchs Schlüsselloch. Und wenn ich am Samstag noch aus den Latschen gekippt war, dann traf mich jetzt fast der Schlag. Was ich sah, war unglaublich. Es war schlimmer als Basteln und irre Gymnastik. Es war ...

VOLLKOMMEN VERRÜCKT!

Ich sah den Schrank, den ich für einen Spiegelschrank gehalten hatte. Das war aber gar kein Spiegelschrank! Das, was ich für eine

Spiegeltür gehalten hatte, war ein leerer Türrahmen, der den Blick in den Schrank freigab. Und in diesem Schrank stand Papa. Er guckte auf den Computerbildschirm, der auf dem Schreibtisch stand und in seine Richtung geschwenkt war. Auf diesem Bildschirm sah ich den Kopf von jemandem, der mit Papa im Schrank sprach. Und dieser Jemand war – ebenfalls Papa.

Hier sprach Papa mit Papa! Mir wurde schwindelig. Alles begann sich zu drehen. Papa hier, Papa da, der eine im Schrank, der andere im Computer – drehte ich jetzt durch? Oder Papa? Aber welcher von beiden?

Ich atmete einmal tief durch.

Ich sah Jolanthe an.

Ihre Lippen formten ein tonloses: »Was ist?«

Ich konnte es ihr nicht sagen. Ich atmete noch einmal durch. Dann sah ich wieder durch das Schlüsselloch.

Der Papa im Computer sprach mit dem Papa im Schrank. Im ersten Augenblick wusste ich nicht, wen von beiden ich für durchgeknallter halten sollte.

Der Papa im Schrank hatte wieder den etwas dämlichen Gesichtsausdruck, den er auch beim Karatefilmgucken gehabt hatte. Der Mund stand leicht offen, die Zunge lag auf der Unterlippe, die Augen starr geradeaus auf den Bildschirm gerichtet. So weit, so irre. Der Papa im Computer sah zwar viel normaler aus und trank einen Schluck Wasser. Aber das, was er redete, war dafür umso verrückter.

»Slash Command Lambda X«, sagte der Computerpapa.

Der Papa im Schrank antwortete ziemlich lustlos: »Piep. Horst TüP^3. Hauptmenü.«

»Tagesreport. Enter«, sagte mein Computerpapa.

Ich schüttelte mich. Ich dachte, wir Menschen stammen vom Affen ab. Also wenn das stimmt, dann sind Jolanthe und ich vielleicht keine Menschen. Denn wir stammen offenbar von Computern oder irren Robotern ab. Ich fühlte an meiner linken Pobacke. Vielleicht wuchsen mir ja auch schon so Schalter? Aber alles, was ich spürte, war Jolanthe, die an mir rumzupfte und flüsterte: »Lass mich auch mal gucken! Was ist da drin los?«

Ich winkte ab. Aber meine Schwester wollte es jetzt doch wissen. Sie zog mich vom Schlüsselloch weg. Ich hielt mein Ohr an die Tür. Papa sagte ziemlich kühl: »Alles unter Kontrolle. Keine Gefahren erkannt. Ladestatus: 30%, wird aufgeladen. Nachtscan Kinderzimmer beginnend in drei Minuten, fünfzehn Sekunden.«

Ich verstand überhaupt nichts mehr. Aber Jolanthe ist ja drei Minuten schneller als ich. Und in dieser Nacht haben diese drei Minuten Vorsprung uns gerettet. Denn sie zog mich auf einmal von der Tür weg und schlich die Kellertreppe rauf.

»Wunderbar, ganz wunderbar«, hörte ich noch einen meiner zwei irren Papas sagen. »Enter. Hauptmenü.«

Der andere, vermutlich der aus dem Schrank, antwortete: »Piep. Hauptmenü. Bitte treffen Sie Ihre Auswahl.«

»Zurück in den Arbeitsmodus.« Das waren die letzten Worte, die ich von Papa und Papa hörte.

»Gleich kommt er und kontrolliert unsere Betten!«, flüsterte Jolanthe im Erdgeschoss. »Los, Carlo! Schnell ins Bett und schlafen!«

Jolanthe kam zu mir ins Bett gekrochen. Das war in Ordnung. Ich hatte auch keine Lust, allein rumzuliegen, wo wir doch damit rechnen mussten, dass unser Vater die Nacht im Schrank verbrachte. Nicht ganz so gut gefiel mir, dass sie sofort ein Buch unter dem Kopfkissen fühlte.

»Da liegt ein Buch unter deinem Kissen«, sagte sie.

»Ach, diese bekloppte Fußballgeschichte.« Ich nahm ihr das Buch schnell aus der Hand und pfefferte es unter das Bett. Ob sie so schnell erkannt hat, welches Buch das war, wusste ich nicht und natürlich wollte ich sie das auch nicht fragen.

»Was ist mit Papa los? Warum ist der plötzlich doppelt?«

»Ist doch wohl eindeutig«, flüsterte Jolanthe. »Papa ist ein Roboter.«

»Wie Roboter?«

»Na, eine Maschine, ein – Gerät, das sich nachts selbst auflädt und Schalter am Hintern hat«, sagte Jolanthe. Irgendwas daran schien sie beruhigend zu finden, denn sie war nicht mehr halb so aufgewühlt wie vor unserem Kellerbesuch. Vielleicht war es einfach nur die Tatsache, dass sie eine Erklärung für die Schalter gefunden hatte. Oder Jolanthe stand unter Schock. Leute unter Schock sind auch merkwürdig. Und Jolanthes Ruhe in dieser Nacht war echt merkwürdig.

»Was ist dann mit unserem echten Papa passiert?«, fragte ich. »Oder stammen wir von einem Roboter ab? Und woher kam das Bild auf dem Computer?«

In diesem Augenblick hörten wir Schritte auf der Treppe.

»Los, stell dich schlafend, er kommt!«, flüsterte Jolanthe.

Wir atmeten langsam und ruhig und schlossen die Augen. Die Tür zu meinem Zimmer ging auf. Ich konnte es genau hören. Das musste Papa sein. Oder dieser Typ aus dem Schrank, der zwei Schalter auf der linken Pobacke hatte. Dieser Roboter, der aussah, als wäre er Papa. Dieser Roboter, den Papa, das wurde mir jetzt klar, vermutlich noch vor zwei Tagen trainiert hatte! Deshalb diese verrückte Gymnastik und deshalb war Papa, also unser echter Papa, auch so zufrieden gewesen. Ich lauschte und wartete, bis meine Tür wieder geschlossen wurde. Dann hörte ich die schweren Schritte auf der Treppe. Schließlich knarrte die viertletzte Stufe der Kellertreppe. Ich atmete auf. Der Typ, der Roboter, was auch immer das genau war, war wieder im Schrank im Keller verschwunden.

»Ist doch wohl völlig logisch«, sagte Jolanthe. »Papa ist abgehauen und hat uns einen Roboter hiergelassen. Dieser Roboter kann alles nachmachen, was Papa ihm vormacht. Und dazu hat er die Schalter am Hintern!« Jolanthes Stimme klang plötzlich nicht mehr ganz so ruhig. »Ich glaub es einfach nicht! Mama fliegt nach Rio und Papa lässt uns mit einem Roboter allein! So sieht es aus!«

Jolanthe schluchzte. Sie schniefte. Ich sah im Licht, das die Straßenlaterne in mein Zimmer wirft, deutlich die Tränen glitzern. »Er hat wirklich gebastelt in den letzten Wochen, Carlo.« Jolanthe zog die Nase hoch. »Aber kein blödes Geschenk für uns! Hätte er das mal gemacht! Selbst ein Hochsicherheitsschaukelpferdchen wäre mir lieber als dieser Höllenhorst TüP³ da unten!«

Ich wollte meine Schwester trösten. Aber Tröstmeister ist bei uns in der Familie ja eigentlich unser Vater. Der war erstens weg und zweitens der Grund für die Traurigkeit. Also versuchte ich mir einfach vorzustellen, was Papa wohl sagen würde. Ich wuschelte meiner Schwester über den Kopf und sagte: »Vielleicht ist das gar nicht so schlimm, wie es im Augenblick aussieht ...«

»Autsch! Wieso ziehst du mir auch noch an den Haaren?«, fauchte Jolanthe. »Was heißt da: nicht so schlimm?«

»Na ja, immerhin ...«, schoss es mir durch den Kopf, »... immerhin wissen wir, wie wir diesem Roboter Karate beibringen können. Und wenn wir ihm schon Karate beigebracht haben, dann können wir ihm vielleicht noch ganz andere Dinge beibringen.« Ein unglaublicher Gedanke formte sich in diesem Augenblick in meinem Kopf. So ein Gedanke ist ja manchmal wie ein Stückchen Knete. Und zwar alte, graue Knete. Am Anfang sieht er so matschig und klebrig aus, wie ich mir das Gehirn selbst vorstelle. Aber dann beginnt man daran rumzudenken und rumzukneten und dann kommt etwas Neues dabei raus. Eine supergute Idee. Oder ein riesengroßer Mist. Das weiß man natürlich vorher nie. In diesem Augenblick im Licht der Straßenlaterne betrachtet, hielt ich meinen Gedanken aber für eine super Idee.

»Wir programmieren uns den Roboter so um, wie wir ihn brauchen! Wir müssen ihn ja nur vor den Fernseher setzen. Wie wärs? Wir zeigen ihm ein paar Actionfilme!«

Jolanthe schüttelte den Kopf. »Bloß nicht! Stell dir nur mal vor, was dann passieren würde! Also, wenn es echt so ist, wie du sagst! Was würde er dann lernen?«

Ich stellte es mir vor. In einem coolen Actionfilm fahren die Helden immer mit quietschenden Reifen um die Ecken. Das würde Papa niemals tun. Aber cool fänd ich's schon. Aber Actionhelden fahren die Autos ja zu Schrott, fuchteln mit Pistolen herum, reißen Taxifahrer von ihren Sitzen und hauen Leuten einfach eine rein, wenn sie ungeduldig werden. Als ich mir vorstellte, was da passieren könnte, wenn wir so einen Actionhelden als Papa hätten, also wenn der zum Elternsprechtag ginge oder eine Pizza bestellte und es nicht schnell genug ginge. Oh, oh, da würde er die Lehrer verkloppen und dem Pizzabäcker eins mit dem Ofenschieber auf die Mütze geben. Dann käme die Polizei, aber die echte, nicht die aus dem Film, und wenn Papa sich dann ein Auto klauen würde, würde er merken, dass die modernen Autos eine elektronische Wegfahrsperre haben, die in Actionfilmen eigentlich nie eine Rolle spielt.

Jolanthe hatte recht. Wir mussten vorsichtiger testen, ob meine Idee etwas taugte. Aber testen wollte ich es unbedingt.

Und zwar sofort. Ich schwang mich aus dem Bett.

»Wo willst du hin?«, fragte Jolanthe.

»Natürlich ausprobieren, ob es klappt!«, sagte ich.

Manchmal ist Jolanthe nicht ganz so schnell von Begriff, wie sie immer behauptet.

»Wenn ich dem Roboter da unten bis morgen früh etwas beibringen kann, das er bisher nicht konnte, dann wirst du mir doch wohl glauben, dass er alles lernen kann, oder?«

»Und was soll das sein?«

»Witze erzählen!«

»Das lernt der niemals!«, sagte Jolanthe und drehte sich im Bett herum. »Es passt nicht zu seinem Charakter.«

»Karate auch nicht«, hielt ich dagegen. »Also wart's ab!«

Ich zog das alte Witzebuch ›Die hundert besten Schülerwitze‹ aus dem Regal und schlich mich noch einmal runter in den Keller.

Witze und Wauwaus

Müde ist gar kein Ausdruck. Meine Augenlider fielen am nächsten Morgen nicht einfach wieder zu. Nein, sie rasselten regelrecht runter wie große, schwere Tore einer Ritterburg, wenn der Feind kommt. Und der Feind, das war das Tageslicht. Ich quälte mich aus dem Bett. Etwas war anders als sonst. Und das war schon am Montag anders gewesen, als wir aus der Schule kamen. Erst jetzt merkte ich, was es war: Der Geruch von frisch gebrühtem Kaffee fehlte.

Endlich fiel mir wieder ein, was ich in der letzten Nacht getan hatte. Ich hatte ein Wunder vorbereitet. Und was für eins! Ich hatte den Roboter wieder auf *Lernen* geschaltet und ihm die hundert besten Schülerwitze vorgelesen. Dann hatte ich ihm noch gesagt, dass er immer genau dann einen Witz erzählen soll, wenn jemand traurig ist. Als mir das alles wieder einfiel, waren meine Augenlider nicht mehr schwer wie Ritterburgtore. Sie flogen regelrecht auf. Ich musste den Roboter testen!

Trotzdem fröstelte ich etwas, als ich mich an den Frühstückstisch setzte. So ein Frühstückstisch ohne Kaffeegeruch hat schon etwas Merkwürdiges. Ich trinke ja keinen Kaffee und habe nur einmal heimlich einen Schluck probiert. Es schmeckt abscheulich bitter und voll ekelhaft. Aber der Geruch von Kaffee, der ist schon gut, finde ich. Papa rumpelte mit den Tellern und Tassen in der Küche herum. Als auch Jolanthe endlich erschien, kam er zu uns an den Tisch. Er setzte sich zu uns, aß aber wieder nichts. Natürlich nicht. Er war ein Roboter! Er hatte sich seine Nahrung nachts in der Ladestation im Keller reingepfiffen.

Ich machte sofort meinen Test: Ich guckte ganz traurig. Ich tat so, als müsse ich gleich losheulen.

»Carlo, was ist los? Was ist passiert?«, fragte Jolanthe besorgt.

Der dämliche Roboter hatte mein trauriges Gesicht anscheinend nicht gesehen oder nicht geschnallt, dass ich traurig gucken wollte. Also sagte ich schluchzend: »Ich bin ein bisschen traurig. Weil Mama nicht da ist.«

»Du bist traurig?«, fragte der Roboter.

Ich nickte und schniefte.

»Soll ich dir einen Witz erzählen?«, fragte er.

»Au ja!«, entfuhr es mir etwas zu fröhlich. Aber das merkte er zum Glück nicht.

Der Roboter legte los. Er erzählte einen Witz. Und dann noch einen. Und noch einen und noch einen. Es war so was von cool! Es funktionierte! Ich hatte dem Roboter hundert Witze beigebracht und die ersten fünfzehn erzählte er gar nicht mal so schlecht, obwohl er wirklich nicht viel Erfahrung im Witzeerzählen hatte. Ich war völlig aus dem Häuschen und überhaupt nicht mehr müde!

Auch Jolanthe lachte schallend. Sie freute sich über die Witze und sie zwinkerte mir anerkennend zu. Ich hatte den Beweis erbracht: Wir konnten unserem Roboter alles beibringen! Alles! Es war zu schön, um wahr zu sein.

Als der Roboter in der Küche verschwand, rieb sich Jolanthe die Hände.

»Ab jetzt wird das Leben ein Fest!«, flüsterte sie.

Kaum war der Roboter wieder im Esszimmer, stand Jolanthe auf.

»Warum stehst du auf? Wir bleiben sitzen beim Essen!«, sagte der Roboter genauso streng wie unser echter Vater.

»Ich muss nur noch was aus meiner Schultasche holen, Papa. Da war so ein Zettel von Frau Schneider.«

Das war zwar gelogen, aber kaum stand Jolanthe hinter dem Roboter, drückte sie auf seine linke Pobacke, ungefähr da, wo der Schalter für Arbeit und Lernen sein musste. Das war ziemlich riskant, fand ich. So mitten am Frühstückstisch den Roboter von Arbeiten auf Lernen umzuschalten. Aber meine Schwester hatte anscheinend einen Plan.

Papa guckte wieder so blöde wie immer, wenn er was lernte. Jolanthe grinste.

Draußen vor dem Fenster kläffte ein Hund wie verrückt.

Papa drehte sich in die Richtung, aus der das Geräusch kam.

Jolanthe warf unauffällig ihr Besteck auf den Boden. Außerdem noch eine Zeitung.

Als Papa hinsah, hob sie beides auf und räumte es da hin, wo es hingehörte. Die Zeitung in den Zeitungsständer. Das Besteck in die Spülmaschine.

»Lektion abgeschlossen. Dinge, die auf dem Boden liegen, muss man sofort aufräumen«, sagte der Roboter. »Wann ist das Verhalten anzuwenden?«

»Immer dann, wenn etwas runterfällt oder auf dem Boden liegt«, sagte Jolanthe.

Unser Roboter speicherte das und schaltete sich dann selbst in den Arbeitsmodus.

»Wo ist denn der Zettel, den du holen wolltest, Jolanthe?«, fragte der Roboter, als wäre nichts gewesen.

»Ach, den muss ich doch in der Schule vergessen

haben«, sagte Jolanthe. »Ich frag die Schneider heute noch einmal.«

Sie sah dem Roboter in die Augen und ließ ihren Becher fallen. Ich hielt den Atem an. Wenn Jolanthe alles richtig gemacht hatte, dann würde der Roboter jetzt nicht schimpfen, sondern ...

Tatsächlich: Unser Roboter, der nicht nur Witze erzählen konnte, sondern auch die Superreflexe eines Karatemeisters hatte, schnappte sich diese Tasse, bevor sie auf dem Boden aufschlug, dann bellte er einmal wie ein wütender Hund und räumte sie auf. Er schimpfte auch gar nicht mit Jolanthe.

Ich fand das so cool! Da habe ich gleich mal meinen Teller und meinen Löffel auf den Boden gelegt. Der

Roboter kam aus der Küche, machte wieder »Wuffwuff!«. Dann räumte er den Löffel und meinen Teller auf. Als er in der Küche verschwunden war, zwinkerte Jolanthe mir zu. Ich grinste. Ab jetzt war das Leben perfekt.

Nur dieses Bellen, das war schon verrückter als verrückt. Das musste der Roboter aufgeschnappt haben, als draußen der Hund gebellt hatte. Das wollte ich korrigieren.

»Hör mal mit dem Gebell auf, wenn du aufräumst«, sagte ich.

Aber der Roboter ließ sich im Arbeitsmodus natürlich nichts von mir sagen. »Nicht so frech, mein Sohn! Mach dich lieber für die Schule fertig.«

»Dürfen wir mit dem Fahrrad fahren?«, fragte Jolanthe.

»Natürlich. Die Fahrräder sind sicherheitsüberprüft. Luft, Licht, Bremsen, Kette. Vergesst eure Schutzkleidung und die Helme nicht.«

»Ach, Papilein, können wir die Schutzkleidung nicht mal weglassen?«, fragte Jolanthe.

Aber der Roboter schüttelte energisch den Kopf. »Der Schutzanzug ist Pflicht! Was da sonst alles passieren kann!« Er dachte nur einmal kurz nach und ratterte dann los: »Schleudertrauma, schweres Schädelhirntrauma, Halswirbelbruch, Schädelbasisbruch, Hirnblutungen, Verletzungen am Auge, Atemapparat,

Kehlkopfdurchbruch, Rippenbruch, Frakturen sämtlicher Knochen sowie Stauchungen, Prellungen, sogar Verbrennungen im Fall explodierender Autos und ...«

Oh Mann! Der ganze Text, den kannte ich schon auswendig von unserem echten Vater. Ich wünschte mir in diesem Augenblick, dass unser Roboter nicht nur einen Ein/Aus-Schalter hätte, sondern auch einen Lautstärkeregler. Dann hätte ich ihn einfach leiser gedreht. Doch, doch, das würde mir gefallen: Papa sagt, was er sagen muss, leiert seine ganzen Befürchtungen und Krankheiten runter, aber ohne Ton. Er bewegt seine Lippen, aber alle anderen können sich noch unterhalten. Vielleicht hatte er so einen Regler ja auf der anderen, der rechten Pobacke? Aber an die kam ich im Augenblick nicht dran.

Also musste ich mir mal wieder die Auflistung so ziemlich aller Körperteile, die ein Mensch überhaupt hat, plus aller möglichen Verletzungen anhören. Fehlte am Ende nur noch, dass der Roboter behauptete, man könne sich das Ohrläppchen brechen oder eine Haarspitzenvereiterung kriegen, wenn man ohne Schutzanzug Fahrrad fährt.

Ich habe übrigens nichts gegen einen normalen Fahrradhelm. Aber wir mussten zusätzlich auch noch in so einen Anzug steigen. Der war mit einer Menge Polstern und schützendem Leder ausgestattet und in leuchtend Orange gehalten, damit uns auch alle sahen. Mit diesen Anzügen hätten wir vermutlich den Zusammenprall mit einem brennenden Tankwagen ohne Kratzer überlebt. Leider waren die Anzüge nicht nur extrem peinlich, weil wir darin wie zwei wandelnde Knallbonbons auf Fahrrädern aussahen. Nein, die Anzüge waren auch so steif und unbeweglich wie eine eingerostete Ritterrüstung.

Ich versuchte, den Roboter noch einmal auf *Lernen* umzuschalten. Aber ich kam nicht mehr an den Schalter. Denn der Roboter wollte nicht, dass ich ihm am Hintern rumfummelte. Logisch. Wer will das schon?

Also gingen wir zu Fuß zur Schule. Wenn der Roboter unten in seinem Schrank stand, war die Umprogrammiererei sowieso sicherer. Denn unten gibt es keine Nebengeräusche, die er auch noch aufschnappen könnte. Ich fand es natürlich schon irgendwie ganz witzig, dass der Roboter beim Aufräumen bellte. Aber wenn er demnächst hupte, wenn er etwas erlaubte, war das echt nervig. Und nicht auszudenken, was der Roboter machen würde, wenn wir ihm im Wohnzimmer beibringen würden, dass er unsere Hausaufgaben für uns erledigen sollte, und dann führe aber gerade ein Krankenwagen vorbei. Dann würde er erst »Tatü-Tata!« schreien und dann meine Matheaufgaben lösen. Nein, es war besser, den Papa-Unterricht auf seine Ladestunden im Schrank zu verschieben.

Jolanthe versaut alles

Die Gesamtmenge unserer Geburtstagsgäste stellt man sich am besten in drei Teilmengen vor.

1. Menge: die Jungs um Dario. Allesamt Freunde vom Klettern und von mir.
2. Menge: Die Mädchen um Marie. Allesamt Freundinnen von Pferden und Jolanthe.
3. Die dritte Menge hatte nur ein Element: Matze.

Matze ist ein Phänomen. Er ist so freundlich und entspannt, dass er mit Jolanthe *und* mit mir befreundet ist. Wenn Matze bei uns zu Besuch ist, ist mir sogar egal, was wir machen. Denn Jolanthe und ich kriegen einfach keinen Streit, wenn Matze dabei ist. Ich weiß gar nicht, wie der das macht. Matze mag Klettern und er hat auch nichts gegen Pferde. Er quatscht gern mit mir und kichert mit Jolanthe.

Auf dem Schulhof ist das natürlich etwas anderes. Da versammeln sich die Jungs meist um Dario und die Mädchen meist um Marie und da steht Jolanthe natürlich bei den Mädchen und Matze und ich sind bei den Jungs. Nur an diesem Morgen. Da brauchten wir alle zusammen. Deshalb habe ich Matze gefragt, ob er mir helfen könne, die Mädchen rüber zu Dario und mir zu holen. Hat er auch ganz lässig hingekriegt. Und dann standen sie alle da. Alle, die wir eingeladen hatten und die alle, bis auf Matze, angeblich keine Zeit hatten, am Samstag zu uns zu kommen.

Ich hatte mir eine tolle, eine spannende Ansprache ausgedacht.

»Überlegt euch noch mal, ob ihr nicht doch Zeit habt am Samstag«, begann ich und machte eine Kunstpause. So eine Kunstpause, das hatte uns Frau Schneider beim Vorlesewettbewerb beigebracht, die erhöht die Spannung. So wie Papa, wenn er »– Gerät« sagt. Ich war mit meiner Kunstpause erst ungefähr zur Hälfte fertig, als Jolanthe reinplatzte: »Kurz und gut: Wir feiern einen Karategeburtstag.«

Ich hätte sie am liebsten getreten. Das sollte doch mein Knüller werden. Man kann doch nicht den Knüller einer Ansprache einfach so mitten in der Kunstpause raushauen! Ich wollte doch alles noch viel raffinierter präsentieren! Ich wollte davon reden, wie schwierig es war, unseren Vater dazu zu bewegen, irgendwas Spannendes zu machen. Und dann wollte ich von Geheimnissen erzählen. Von dem kleinen Geheimnis, das wohl jeder Mensch hat. Und dass wir entdeckt hätten, welches das kleine Geheimnis unseres Vaters ist. Ich wollte es unerträglich spannend machen. Erst wenn alle schrien und bettelten, dass ich es endlich verraten solle, erst dann wollte ich damit rausrücken, dass unser Vater Großmeister in Karate sei und uns versprochen habe, uns ein paar coole Tricks zu zeigen, sodass unsere lieben Freunde eigentlich alle einen Waffenschein bräuchten, wenn sie nach unserer Karateparty abgeholt würden. So in der Art hatte ich mir das zurechtgelegt. Aber nein, meine wahnsinnig schnelle und angeblich ja so kluge große Zwillingsschwester verpatzte alles, weil sie einfach zu ungeduldig war.

Prompt kamen extrem kritische Fragen.

Dario legte die Stirn in Sorgenfalten. »Karate, ja? Das klingt ja super. So als Wort. Aber was machen wir denn da? Gibt das 'ne Riesenklopperei?«

Dario ist echt okay. Er hat einen tollen Sinn für die drei wichtigsten Dinge, die man auf dem Schulhof machen sollte:

1. Quatsch
2. Blödsinn
3. Unfug.

Das Problem an Dario ist nur, dass er sehr leicht enttäuscht ist und dann beleidigt seiner Wege geht. Und da helfen dann auch Quatsch, Blödsinn und Unfug nicht, weil er erst mal eine Woche rumgrummelt, bis er wieder ein normaler Mensch ist. Ausgerechnet Dario zu enttäuschen, war an diesem Morgen also keine gute Idee. Denn wenn Dario am Samstag nicht kommen würde, dann könnte ich Caramba, Arlo und Alessandro auch vergessen. Sprich: Es würde am Ende nur ein Freund zu mir kommen. Matze. Und egal, wie

supergern ich Matze mag: Ein Gast allein ist keine tolle Gesellschaft für eine knallharte und saucoole Karateparty. Also überlegte ich blitzschnell, was Dario nun mehr enttäuschen würde. Wäre er enttäuscht von der Karateparty, wenn sie in eine Riesenkloppperei ausartete? Oder wäre er enttäuscht von der Karateparty, wenn sie in *keine* Riesenkloppperei ausartete?

Und noch während ich das hin und her überlegte, fragte Marie: »Und wer wird der Karatetrainer sein?«

Auf die Frage war ich vorbereitet. Denn da hatte ich ja meine Geschichte mit dem Geheimnis und dem Knüller, dass Papa Karategroßmeister war, auf Lager.

»Manche Dinge sind nicht, wie sie scheinen. Und vermutlich hat jeder Mensch ein Geheimnis, das er für sich behält«, begann ich.

Die anderen sahen mich so belämmert an wie der Roboter, wenn er was lernt.

»Hä? Willst du uns das nicht sagen, oder was?«, plärrte Marie ziemlich ungeduldig los.

Aber ich ließ mich nicht mehr aus der Bahn werfen. Ich wollte jetzt endlich meinen Werbetext für die Karateparty weiter aufsagen. Leider schien Jolanthe nicht zu kapieren, dass das eine hochdramatische Rede war. Und darum plärrte sie wieder dazwischen.

»Unser Vater wird der Trainer sein.«

Oh Mann!

Natürlich verwandelte sich das interessierte Gesicht von Dario sofort in blankes Entsetzen. Und auch Marie, die erst etwas zweifelnd, aber durchaus hoffend geguckt hatte, wandte sich ab.

»Na super, das wird ja der Kracher«, nuschelte Dario. »Ich rede noch mal mit meinen Eltern, aber ich fürchte, dass ich mit zu Uromas hundertfünfzigstem Geburtstag muss.«

Ich hätte Jolanthe erwürgen können! Sie hatte alles versaut. Jetzt stellten sich die anderen natürlich Karate à la TÜV vor: mit extrabekloppten Handkantenschützern, Helmen voller Schaumstoff und Isolierband und ohne echten Wumms dahinter.

Nur Matze murmelte: »Karate. Cool!«

Ich wollte mich auf Jolanthe stürzen. Aber der Gong rief uns ins Gebäude. Auf dem Weg in die Klasse raunte ich Jolanthe zu: »Du hast alles versaut!«

Jolanthe sah mich an: »Selber! Du kommst einfach nicht zum Punkt.«

»Das war eine Kunstpause, Jolanthe!«, fauchte ich.

Jolanthe verdrehte die Augen. »Da hätteste aber ein Schild hochhalten sollen, wo Kunstpause draufsteht. Du bist einfach nicht zum Punkt gekommen und fertig. Und der Punkt ist ja wohl Papa.«

»Eben!«, fauchte ich. Ich hätte am liebsten Feuer gespuckt, aber die wirklich, wirklich wichtigen Dinge des Lebens, die nützlichen Sachen (Feuerspucken zum Beispiel), die lernen wir Menschen ja nicht in der

Schule. »Die haben alle ein ganz falsches Bild von ihm.«

»Und daran bin doch wohl nicht ich schuld, oder?«, giftete Jolanthe zurück, als wir die Klasse betraten.

Eben doch!, dachte ich.

Aber dann kam Frau Schneider und teilte Zettel aus. »Morgen machen wir einen Ausflug in den Zoo. Ich hab den ganz vergessen, liebe Leute«, rief unsere freundliche Lehrerin in die Runde. »Wir brauchen aber noch eine Begleitperson. Weiß jemand von euch zufällig, ob ein Elternteil morgen mitkommen kann?«

Jolanthe meldete sich.

Ich dachte: Jetzt dreht sie völlig durch. Mama ist in Südamerika, Papa irgendwo im Nirgendwo. Wir werden von einem bellenden Roboter bewacht, dem wir Karate und Witze beigebracht haben, und den will Jolanthe mitnehmen auf einen Klassenausflug in den Zoo? Das konnte doch nur in die Hose gehen!

Aber Jolanthe hielt genau das anscheinend für eine prima Idee. »Unser Vater hat morgen frei. Der kommt bestimmt gerne mit!«

Es ging ein Raunen durch die Klasse. Keiner hielt das für eine gute Idee. Selbst Frau Schneider guckte etwas flehend von Reihe zu Reihe. Aber außer uns konnte niemand versprechen, dass eine Mutter oder ein Vater Zeit haben würde.

»Bist du wahnsinnig?«, flüsterte ich Jolanthe zu.

»Nein, ich bin genial«, antwortete Jolanthe leise. »Du hast doch selbst gesagt, dass die anderen ein falsches Bild von Papa haben. Im Zoo können wir ihnen allen zeigen, was er draufhat. Das haut sie garantiert um.«

Oder es beendet unsere Freundschaften endgültig, dachte ich. Das Bellen mussten wir unbedingt abstellen. Und es durfte niemand rufen: »Aus dem Weg, das ist ein Notfall!« Denn dann würde Papa alles zu Kleinholz verarbeiten, was er finden konnte. Es wäre mir echt lieber gewesen, wenn wir dem Roboter vor seinem ersten Ausflug noch ein paar Lektionen beigebracht hätten. Tanzen zum Beispiel oder Informationen zu jedem Tier, samt der wissenschaftlichen Namen. Lauter so Zeug eben, das man im Zoo gebrauchen konnte.

»Er ist noch nicht so weit«, sagte ich zu Jolanthe, als wir in die zweite Pause liefen.

Aber Jolanthe meinte: »Reg dich ab, Carlo. Wird schon gut gehen. Wir optimieren ihn heute Nacht, wenn er im Schrank steht!«

»Wen optimiert ihr?«, fragte Dario, der in diesem Augenblick hinter mir auftauchte.

»Ach, niemanden, nur unseren Vater«, antwortete Jolanthe frech und rannte dann schnell rüber zu Marie und den anderen Mädchen.

Dario stellte sich neben mich. Er legte mir kameradschaftlich eine Hand auf die Schulter. »Meine Schwester hat auch 'ne Macke! Die erzählt den ganzen Tag nur wirren Blödsinn. Da ist nichts zu machen.«

Ich atmete auf. Immerhin war Dario nicht stinkbeleidigt abgezogen. Aber dann dachte ich über das nach, was er gerade gesagt hatte. Wirrer Blödsinn war es nicht gewesen, was Jolanthe gesagt hatte. Und Darios Schwester Emilia war eine ganz andere Kategorie Schwester als Jolanthe. Die war extrem nervig und anstrengend. Dario hatte nicht verstanden, was das Dumme an Jolanthe war. Wie sollte er auch? Das Dumme war nicht, dass Jolanthe Blödsinn erzählt hatte. Das Dumme war, dass Jolanthe die Wahrheit gesagt hatte. Wir hatten nur eine Nacht, um den Roboter auf Vordermann zu bringen. Eine einzige Nacht! Dabei durfte nichts, aber auch gar nichts schiefgehen. Sonst konnte der Ausflug in den Zoo eine Katastrophe werden.

Löschen nicht möglich

Es war so schön warm in meinem Bett. Und meine Beine wollten einfach nicht raus auf den kalten Boden. Aber Jolanthe rüttelte und schüttelte mich mitten in der Nacht an der Schulter und sagte: »Los, wir machen uns den Papa, wie er uns gefällt.«

Als ich mich nur im Bett herumdrehte, drohte sie: »Ich kann's auch allein machen. Aber dann maul nachher nicht rum, wenn er dich immer an die Leine legt, bevor er mit dir eine Straße überquert!«

Schwestern dieser Welt! Warum seid ihr manchmal so gemein?

»Das würdest du doch niemals tun, oder?« Ich stand auf.

Jolanthe grinste. »Natürlich nicht. Schließlich würdest du mich ja auch niemals im Stich lassen, oder?«

Ich glaubte nicht, dass Jolanthe auf diese Frage eine

Antwort erwartete. Also stiefelte ich hinter ihr die Treppe runter ins verbotene Geheimlabor unseres Vaters. Was war schon eine schlaflose Nacht, verglichen mit dem absoluten Traumpapa, den wir uns nun basteln würden? Es war halb zwölf.

Unser echter Vater hatte seinen Kontrollanruf sicherlich längst erledigt. Der Roboter stand in seinem

Ladeschrank und schien zu schlafen. Ich schaltete ihn auf *Lernen*. Der Roboter öffnete die Augen und den Mund, legte die Zunge auf die Unterlippe und starrte uns an. Er sah so hirnverbrannt aus, dass ich kaum glauben konnte, dass dieses Ding ein Karatemeister war.

»Also gut, pass mal auf, Papa«, begann Jolanthe. »Wir müssen heute ein paar Dinge löschen.«

Der Roboter schluckte.

»Zum Beispiel das Bellen. Bevor du etwas wegräumst, darfst du nicht bellen.«

Der Roboter schluckte noch einmal. Dann sagte er mit ziemlich eintöniger Stimme: »Piep. Syntaxfehler. Löschen nicht möglich.«

Wir sahen uns an. Wie? Wir konnten nichts löschen?

»Aber Korrekturen müssen doch möglich sein, oder?«, fragte ich.

Der Roboter sah mich an und antwortete: »Negativ.«

»Äh, aber nein, ich meine: Du darfst einfach nicht bellen, wenn du aufräumst! Das macht man nicht«, sagte Jolanthe noch einmal.

Ich murmelte: »Vergiss es!« Ich meinte Jolanthe. Aber der Roboter fühlte sich angesprochen. Natürlich. Schließlich stand er auf *Lernen*.

»Syntaxfehler. Piep. Vergessen ist aus Sicherheitsgründen nicht möglich«, sagte der Roboter.

»Wie bitte? Aber du sollst vergessen! Und zwar alle Verbote!«, rief Jolanthe.

»Syntaxfehler. Vergessen aus Sicherheitsgründen nicht möglich. Löschen aus Sicherheitsgründen nicht möglich«, wiederholte der Roboter.

Wir setzten uns auf den Schreibtisch und starrten den Roboter genauso dämlich an wie er uns. Das hatte Papa ja toll hingekriegt. Er hatte eine sprechende, handelnde Kopie seiner selbst zusammengebastelt. Dieser Roboter konnte zwar Neues lernen, aber er konnte nichts vergessen! Wie sollten wir da unseren Superpapa hinkriegen? Irgendwie mussten wir die ganzen Verbote und Sicherheitschecks von Papa doch ausschalten können! Sonst würde der im Zoo sogar die Türen zum Tigerkäfig auseinandernehmen, auf ihre Sicherheit überprüfen und mit viel zu viel Klebeband wieder zusammenkleistern.

Da kam mir plötzlich eine Idee: »Wenn ich sage: Papa, darf ich?, antwortest du: Aber gerne, nur zu!«

Der Roboter piepte. »Fehler 21: Widerspruch. Antwort auf ›Papa, darf ich?‹ lautet: ›Nein! Vorher muss ich die Sicherheit überprüfen.‹«

»Mist!«, murmelte ich.

»Fehleinschätzung. Das ist kein Mist. Es ist ein notwendiges, unumstößliches Sicherheitsmerkmal des Systems. Und sicher ist sicher«, sagte der Roboter.

Jolanthe verdrehte die Augen. »Papa hat aber auch

an alles gedacht bei diesem Roboter. Und ein Klugscheißer ist er auch noch!«

Ich kaute an meinen Nägeln herum. Und flüsterte Jolanthe ins Ohr: »Bestimmt hat er nicht an alles gedacht. Keiner kann an alles denken.«

Ich sah den Roboter an. Papa hatte ihn darauf trainiert, dass er *uns* erst mal alles verbot, was wir wollten. Alle Sätze, in denen das Wort *Papa* vorkam, würden bei ihm die technische Sicherheitsüberprüfung auslösen.

Aber wie war es, wenn wir ihn nicht »Papa« nannten? Was passierte wohl, wenn wir ihn so ansprachen, wie Mama es immer machte, wenn sie etwas von Papa wollte? Ich probierte es mit der folgenden Formulierung: »Wenn ich einen Satz beginne mit den Worten: ›Lieber, reizender Horst, wäre es für dich in Ordnung, wenn ich ...‹, dann antwortest du: ›Klar doch, kein Problem. Nur zu! Viel Spaß dabei!‹«

Der Roboter brauchte ein bisschen, um das zu speichern. Ich schwitzte. Hatte Papa auch an diese Formulierung gedacht? Hatte er sie geblockt? Aber dann nickte der Roboter und sagte sachlich wie immer: »Verhalten gespeichert. Auslöser bestimmt. Lektion gelernt.«

Er holte mit der linken Hand aus und noch während er sich selbst wieder in den Arbeitsmodus schaltete, schlichen wir uns aus dem Labor.

»Meinst du, dass das reicht?«, fragte Jolanthe.

Ich nahm leise die letzten Treppenstufen ins Obergeschoss. »Das probieren wir morgen früh aus. Wenn wir Glück haben, erlaubt er einfach alles.«

»Und wenn wir Pech haben?«, fragte Jolanthe.

Aber da hörte ich die Kellertür klappen.

»Vorsicht, er kommt«, flüsterte ich.

Wir huschten in unsere Betten. Ich atmete so tief und gleichmäßig wie ein Junge im Schlaf. Das tat ich so überzeugend, dass ich dabei echt einschlief.

Karate im Zoo

Es war so genial! Es war zu schön, um wahr zu sein.

Wir sprachen unseren Vater fast nur noch mit »lieber, reizender Horst« an und wir durften fast alles. Wir frühstückten vor dem Fernseher, schmierten dickste Nussnougatcremeschichten auf unsere Brote. Und statt den Tisch abzudecken, unsere Kleider oder Spielsachen aufzuräumen, schmissen wir einfach alles auf den Boden. Der Roboter bellte zwar noch immer, das war ihm einfach nicht auszutreiben. Aber er räumte brav alles weg, was wir fallen ließen. Es lief einfach prima, das Leben mit dem Roboter.

Wir nahmen ihn gut gelaunt mit in den Zoo. Dabei sah es für alle um uns herum so aus, als würde unser Vater, Horst Schmermann vom TÜV, uns mit in den Zoo nehmen.

Dario und die Jungs machten einen Bogen um uns

und unseren vermeintlichen Vater. Dario hatte vermutlich Angst um seinen neuen Rucksack und seine Schnürsenkel, und tatsächlich hatte der Roboter diesen Sicherheitscheck-Blick von Papa drauf und musterte Darios Klamotten äußerst kritisch. Auch die Mädchen um Marie hielten lieber etwas Abstand. Sogar Frau Schneider musterte das, was sie für unseren Vater hielt, misstrauisch.

»Guten Morgen, Herr Schmermann«, murmelte sie.

Der Roboter nahm sie nicht so richtig wahr. Er interessierte sich mehr für das Drehkreuz, durch das man den Zoo betreten kann. »Klemmschutz vorhanden, schön, schön«, murmelte unser Roboter gut gelaunt.

Noch während wir auf Krampfi und die anderen Zuspätkommer warteten, lief ich mit Matze rüber zu Dario und den Jungs.

»Mein Vater ist viel cooler geworden«, sagte ich.

Dario warf einen Blick rüber zum Drehkreuz. Der Roboter rüttelte daran wie ein wahnsinniger Gorilla und sagte dann: »Stabilität vorhanden. Rostfreier Stahl verbaut. Schön, schön.«

Dario schüttelte den Kopf. »Dein Vater hat 'ne Meise, Carlo. Du bist echt in Ordnung. Und deine Schwester ist ein ganz normales Mädchen. Aber euer Vater verbietet uns garantiert, die Goldfische anzugucken, wenn er nicht vorher das Panzerglas des Aquariums mit einem Panzer auf Bruchsicherheit getestet hat ...«

In diesem Augenblick wurde Krampfi von seinem Vater im Porsche vor den Zoo gekarrt und rief schon von fern, dass sein Vater noch einen Notfall gehabt habe. Einem Boxer hatte er angeblich die rausgeschlagenen Zähne wieder reingeklebt und das könne halt niemand außer Dr. Kampfmann. Krampfi muss ständig damit angeben, was für ein toller Hecht und Zahnarzt sein Papi doch ist. Es ist unerträglich. Immerhin war Krampfi endlich da und deshalb pfiff Frau Schneider uns zusammen. Sie erklärte uns, dass wir eine Rallye im Zoo machen mussten. Sie teilte uns in zwei Gruppen ein und Jolanthe war direkt stinkbeleidigt, weil sie nicht bei unserem Vater in der Gruppe sein durfte. Ich aber schon. Frau Schneider hat gar nicht auf Jolanthes Gejammer gehört. Die hat einfach weiter ihre Ansagen gemacht. »Damit das klar ist: Im Zoo zählt das, was ich sage, und das, was Herr Schmermann sagt!«

Wir murmelten alle: »Ja, klar, Frau Schneider.«

Dann sollten wir uns in Zweierreihen aufstellen. Ich stand direkt vor Dario. Frau Schneider hatte unsere Tickets und unser Roboter achtete darauf, dass auch alle sehr ordentlich und schön zu zweit nebeneinanderstanden.

Dario flüsterte mir zu: »Dein Vater erlaubt uns doch noch nicht mal, dass wir zu dritt statt zu zweit in einer Reihe stehen.«

Ich lächelte in mich hinein. Der Roboter lief die Reihe ab. Als er fast neben mir stand, fragte ich: »Lieber, reizender Horst, wäre es für dich in Ordnung, wenn wir zu dritt in einer Reihe stehen?«

Der Roboter dachte nicht lang darüber nach. Er antwortete: »Aber logisch, klar doch! Nur zu. Viel Spaß dabei!« Dario stand der Mund offen. Er stellte sich neben mich in die Reihe.

Frau Schneider guckte schon kritisch zu uns rüber. Aber da bellte unser Roboter ziemlich laut, hob ein Taschentuch auf, das Marie oder einem anderen Mädchen aus der Tasche gefallen sein musste, und brachte es zum Mülleimer.

Dario sah mich an. »Cool!«

»Sag ich doch!«, murmelte ich und wurde leichtsinnig. »Der ist sogar noch viel cooler! Er erlaubt uns alles!«

In Darios Augen blitzte die Abenteuerlust gefährlich auf. Meine Knie wurden weich. Das hätte ich wohl besser nicht gesagt.

Matze fragte: »Hat dein Vater gerade echt gebellt?« Das beweist mal wieder, dass Matze einfach der Klügste und Aufmerksamste in unserer Klasse ist. Auch wenn Frau Schneider das anders sieht.

Ich tat so, als hätte ich weder das Bellen noch Matzes Frage gehört.

Frau Schneider wollte natürlich nicht, dass wir zu

dritt in der Reihe standen. Aber Dario rief sofort: »Carlos Vater hat das aber erlaubt!«

Da sah Frau Schneider erst Dario sehr streng an. Dann sah sie den, den sie für unseren Vater hielt, ziemlich verwirrt an. Der Roboter zuckte nur mit den Schultern und sagte: »Spricht was dagegen?«

Da war Frau Schneider so verdutzt, dass sie uns echt zu dritt in der Reihe stehen ließ.

Dario nickte anerkennend. Mein Vater war in seiner Gunst offensichtlich etwas gestiegen. Wir liefen durch das Drehkreuz in den Zoo.

Die Rallye war pupseinfach. Wir sollten herausfinden, was ein Okapi ist, wo Orang-Utans leben, was ein Ameisenbär frisst und wo die Büffel herkommen. Die Fragen waren so simpel, dass wir gar nicht zu den Tieren mussten. Dabei mag ich viele von den Tieren im Zoo echt gerne. Die Orang-Utans zum Beispiel und die Elefanten. Aber irgendwie tun mir die meisten Tiere auch ein bisschen leid, weil sie ja eingesperrt sind.

Dario fragte meinen Vater: »Dürfen wir schon auf den Spielplatz? Sie können doch die Antworten für uns finden, oder?«

Aber da hat er leider falsch gefragt. Der Roboter schüttelte den Kopf und antwortete natürlich: »Nein. Auf dem Spielplatz muss ich erst mal die Sicherheit der – Geräte überprüfen.«

Er wollte schon loslaufen. Aber Frau Schneider hat ihn zurückgerufen. »Moment, so geht das nicht, Sie müssen erst mit Ihrer Gruppe die Tiere auf der Liste ablaufen.«

Papa blieb stehen. Er sah auf den Rallye-Zettel und entschied dann: »Okay. Mach ich.«

Frau Schneider trabte mit ihrer Gruppe los. Ich war mit Dario und Matze zusammen beim Roboter. Ein paar Mädchen kamen auch noch mit und leider auch noch Krampfi.

Krampfi redete die ganze Zeit auf uns ein. Vor allem Dario hat er zugelabert und behauptet, dass er mit seinem Superpapa im Himalaya klettern würde. Dario wurde echt sauer. Seine Eltern haben nicht viel Geld, das weiß jeder. Dario fährt nur jedes zweite Jahr in Urlaub und da meistens auch nur auf den Zeltplatz bei uns am Baggersee. Vom Himalaya kann Dario nur träumen. Und er träumt bestimmt von den höchsten Bergen der Welt, schließlich ist Dario ein Ass im Klettern.

Matze murmelte, als wir vor den Bisons ankamen: »Kann mal einer den Krampfi-Krampf abstellen?« Aber da stockte Matze. Und auch Dario knuffte mich in die Seite und deutete über den Zaun der Bisons. Da war ein Mann. Der war in den Bison-Käfig geklettert. Denn ein Bison hatte was fallen lassen. Bison-Kacke. Der Mann lief hin und räumte das große Geschäft des großen Büffels auf. Dafür hatte er einen Frühstücksbeutel dabei.

»Mein Butterbrot! Mein Butterbrot!«, jammerte Anita, denn von der hatte sich der Mann den Frühstücksbeutel geliehen. Aber das Butterbrot konnte Anita vergessen. Das war im Beutel. Zusammen mit dem Kack-Fladen. Und auf diese Art Fladenbrot hatte niemand Appetit.

Was mich aber völlig aus der Fassung brachte, war nicht nur die Tatsache, dass da jemand versuchte, den Zoo aufzuräumen, sondern dass dieser Mann im Büffelgehege kein Tierpfleger war. Nein. Es war mein Roboter. Es war der Roboter, den alle für meinen Vater hielten. Blöderweise bellte er beim Einpacken des Fladens auch noch. Das hätte er mal lieber nicht gemacht. Die Büffel erschraken und rannten los wie verrückt. Weg von meinem bellenden Robotervater. Der schien das gar nicht mitzukriegen. Er lief, den Fladenbrotbeutel wie diese Hundebesitzer im Park fröhlich in der Hand schwenkend, auf den Mülleimer auf unserer Seite des Zauns zu.

Die rennenden Bisons hatten inzwischen das andere Ende des Geheges erreicht. Aber sie hatten noch immer jede Menge Angst in den dämlichen Köpfen. Also drehten sie sich einfach um und rannten nun plötzlich in die andere Richtung: genau auf meinen Roboter zu!

»Pass auf!«, schrie ich.

»Juhu! Rodeo! Rodeo!«, rief der blöde Krampfi. »Mein Papa hat mal in Amerika ...«

Der Roboter hörte das Getrappel hinter sich. Er drehte sich um. Dann stellte er sich breitbeinig vor die herandonnernden Bisons, hob die Hand und rief: »Stopp! Sicherheitscheck!«

»Das sind Büffel! Keine – Geräte! Renn weg!«, rief ich.

Da endlich schien der Roboter zu kapieren, dass es echt gefährlich für ihn wurde. Mit der Geschwindigkeit eines Karatemeisters rannte er auf den Zaun zu, schwang sich drüber und warf noch in der Luft den Beutel in den Mülleimer.

Das fand ich echt cool.

Wie die anderen das fanden, wusste ich nicht. Matze guckte, als hätte er gerade ein Marsmännchen auf Stelzen durch einen Gemüsegarten spazieren sehen. Dario legte den Kopf schief und musterte erst die Bisons. Dann musterte er das, was er für meinen Vater hielt, und er schien sich nicht so recht entscheiden zu können, ob er beleidigt abhauen sollte oder nicht.

Anita hingegen hatte ziemlich klare Gefühle. Die posaunte sie auch raus.

»Sie haben mein Butterbrot geklaut!«, schnauzte sie meinen Roboter an. »Dafür krieg ich jetzt Pommes! Und Sie bezahlen!«

Der Roboter laberte sofort irgendwas von Fett und Salz und einem ganzen Schwung Krankheiten, die die Pommes auslösen könnten. Ferner würde er sich sowieso niemals neben eine Fritteuse stellen, weil so ein – Gerät jederzeit explodieren könne, wenn da auch nur ein Tröpfchen Wasser im Öl sei.

Aber am härtesten war Krampfi drauf. Der trat mir in die Hacken und sagte: »Ich glaub, dein Vater hat einen an der Waffel!« Dann grinste er blöd.

»Nicht mehr als deiner!«, gab ich zurück.

»Mein Vater sammelt aber keine Kacke in Brottüten ein!«, sagte Krampfi und grinste super blöd.

»Dein Vater? Der ist ja wohl der Ober-Kackbeutel-Schwinger!«, entfuhr es mir. Schließlich hatten die Kampfmanns doch zwei Dobermänner, die im Stadtpark auf die Wiese machen durften. Krampfis Vater sammelte die Hundehaufen mit so einem Beutelchen ein. Und dann trug er den Beutel immer noch drei Mülleimer weit mit sich rum, um allen zu zeigen: Seht her, liebe Patientinnen und Patienten! Ich, der große Doktor Kampfmann, bin ein freundlicher Besitzer von zwei unfreundlichen Hunden. Ich kümmere mich um die Hinterlassenschaften höchstpersönlich. Bin ich nicht ein rundum gelungener Mensch?

»Aber mein Vater hat keine Angst vor so ein paar Rindviechern. Wir waren mal in Texas bei einem echten Rodeo. Da ist Papa auf einem Stier geritten«, prahlte Krampfi weiter. Ich glaube, der kann einfach nicht anders. Wenn Krampfi etwas sagen will, dann kommt eben diese Angeberei dabei raus. Und Krampfi will immer etwas sagen.

»Amerika, Himalaya, ihr seid ja echt ganz, ganz tolle Leute«, nuschelte Dario stinksauer durch die Zähne. »Und ich wette, dass du dich noch nicht mal traust, auf das Dach zu klettern!« Dario zeigte auf das Dach des Bisonstalls.

»Doch, trau ich mich!«, fraucht Krampfi. »Nach dir!«

Dario spuckte ihm vor die Füße. »Das sagst du nur, weil du weißt, dass Carlos Vater das eh verbietet!«

Das wiederum wollte ich nicht auf meinem Roboter sitzen lassen. Also sagte ich: »Lieber, reizender Horst, würde es dir etwas ausmachen, wenn Dario und Krampfi auf das Dach des Bisonstalls klettern?«

Der Roboter nickte prompt. »Kein Problem. Logisch. Prima Idee. Viel Spaß dabei!«

Ich grinste und rieb mir die Hände. Es geht eben nichts über einen sauber und gut programmierten Vater. Ich nickte Krampfi und Dario zu. »Na, was ist? Keine Lust? Ihr habt doch gehört, was Frau Schneider gesagt hat: Die Ansagen von meinem Vater gelten, als wären sie von ihr.«

Dario ließ sich das natürlich nicht zweimal sagen.

»Cool!«

Auf das Dach des Bisonstalls zu klettern, war für ihn keine große Sache. Der Stall ist wie so ein amerikanisches Blockhaus aus vielen Rundhölzern aufgebaut. Da findet ein Spitzensportler wie Dario ruck zuck super Tritte und Griffe. Auch Krampfi kam ganz gut hinterher.

Als Dario oben angekommen war, grinste er einmal sehr zufrieden. Aber dann sah er nach links und sagte: »Oh, oh, da kommt was auf uns zu.«

Krampfi versuchte sich gerade auf das Dach zu

schwingen, drehte sich um und fragte: »Was denn? Skandal? Polizei? Tierisch Ärger?«

»Äh nein, aber Frau Schneider!«, sagte Dario. »Ich komm lieber schnell runter.«

»Ach was«, knurrte Krampfi. Er passte nicht richtig auf, griff ins Leere und stürzte ab.

Der Roboter war erstaunlich schnell zur Stelle und konnte sogar noch verhindern, dass Krampfi mit dem Kopf auf dem Asphalt aufprallte. Aber leider verlor der Roboter das Gleichgewicht, als er den schweren Krampfi auffing. Er stolperte und fiel mitsamt Krampfi hin. Krampfi schrie wie am Spieß und heulte und dann japste er: »Rippenbruch! Ich kann nicht mehr atmen! Ich kann nicht mehr atmen!« Und er heulte weiter und schrie und holte tief Luft und da dachte ich, dass er ja doch noch atmen könne.

Mein Roboter hat sich aufgerappelt und dann Krampfi aufgehoben. Frau Schneider kam angerannt, weil sie Dario auf dem Dach entdeckt hatte, aber bevor sie was sagen konnte, hat mein Roboter sie gefragt: »Wo gehört das hin? Wuff!« Dann hat er ihr Krampfi, der mit den Beinen strampelte, vor die Nase gehalten.

Als Krampfi Frau Schneider bemerkte, hat er gleich mal noch lauter geschrien. Da hat Papa ihn runtergelassen und angefangen die Schülerwitze von Seite 16 bis 23 zu reißen, weil Krampfi ja offensichtlich traurig war. Die Schneider hat Papa angeschrien: »Haben Sie eigentlich noch alle Latten am Zaun?«

Und Anita schrie: »Er schuldet mir noch Pommes!« Und überhaupt, meinte Anita, sei das ja wohl der allerletzte ***-Ausflug. Vor dem Wort »Ausflug« hat sie sehr, sehr laut und sehr, sehr deutlich ein Wort gesagt, das man auf gar, gar keinen Fall sagen und schon gar nicht schreien darf. Nicht mal im Zoo. Und auch nicht vor irren Bisons. Frau Schneider wollte, dass Dario vom Dach käme. Aber vorsichtig. Und weil Krampfi, der Esel, nicht aufhörte mit dem Geschrei, hat irgendjemand wohl einen Krankenwagen gerufen. Und die

Tierpfleger. Zwei von denen kamen angerannt. Die beiden sahen selbst ein bisschen aus wie Bisons.

Die Tierpfleger guckten rauf zu Dario und riefen: »Wer hat dir denn erlaubt, aufs Dach zu steigen?«

Da hat Dario auf Papa gezeigte. »Der da!«

»Haben Sie noch alle Latten am Zaun?«, haben die Tierpfleger gefragt.

Papa blieb irgendwie ganz ruhig. Er zeigte auf Frau Schneider und sagte: »Also, fragen Sie mal lieber die Dame hier. Die scheint da auch ein ziemliches Problem mit der Anzahl der Latten an meinem Zaun zu haben. Ich muss gestehen, dass ich nicht genau verstehe, was das bedeuten soll. Möglicherweise ist es eine Redensart, die ich noch nicht kenne.«

Ich versuchte Papa zu beschwichtigen. »Sei lieber mal still, Papa, sonst wird das hier noch eine brenzlige Situation.«

Das hätte ich nicht sagen sollen. Merkte ich gleich. Papa nahm Karatehaltung an. »Brenzlige Situation?«, rief er.

Genau in diesem Augenblick stürmten die Sanitäter mit viel Tamtam und Hallo in den Zoo und riefen: »Aus dem Weg! Aus dem Weg! Dies ist ein Notfall.«

Ich sah Jolanthe an. Jolanthe sah mich an.

»Oh nein!«, entfuhr es uns. Das durfte doch gar nicht wahr sein.

»Papa, bitte, das meinen die nicht so!«, schaltete ich mich ein. Aber der Roboter hörte nicht auf mich.

Kampfbereit warf er sich wie ein Samurai den Sanitätern entgegen. Er zerhackte mit der Handkante ein Stück vom Holzzaun des Bisongeheges. Ich rechnete damit, dass die Bisons jetzt ausbrechen oder komplett durchdrehen würden. Aber das wilde Gebrüll meines Robotervaters und das Splittern des Holzes beruhigte die Tiere. Diese Bisons bei uns im Zoo sind schon echt seltsam: Albernes Gebell macht sie wild, wildes Geschrei macht sie ruhig. Dafür rasteten jetzt die Tierpfleger aus. Die schrien auf den Roboter ein, dass er Vernunft annehmen solle. Aber er stapelte die zerhackten Latten vom Zaun auf den Weg. Dann nahm er sich ein Kantholz raus und sprang den Sanitätern entgegen.

»Hier kommt ihr nicht durch, Schergen des bösen Kaisers!«, rief der Roboter.

Mir wurde schwindelig. Nie im Leben. Wirklich niemals will ich Programmierer werden, dachte ich mir. Das ist mir viel, viel zu stressig mit diesen Programmen.

Es war Jolanthe, die uns, die Sanitäter und irgendwie sogar Papa rettete. Sie schlich sich von hinten an und drückte ihm unauffällig, für mich aber deutlich sichtbar auf die linke Pobacke. Papa, der gerade ein Bein vorgestreckt hatte, den Knüppel weit nach hinten ausgeholt, blieb für einen Augenblick so stehen. Dann kippte er um.

Die Sanitäter wussten nicht, wen sie zuerst versorgen sollten: den wimmernden Krampfi oder meinen ohnmächtigen Vater. Sie haben sich dann aber für Krampfi entschieden, weil er sofort wieder lauter wurde. Aber die haben Krampfi nur abgetastet und da musste er lachen, weil er kitzlig ist. Die Sanitäter haben sich angesehen und gelächelt.

»Das war wohl mehr so der Schreck, oder?«

Krampfi wurde da sehr kleinlaut. Gar nichts hatte er. Noch nicht mal eine Schramme! Aber ein Geschrei gemacht, das lauter war als eine wilde Büffelherde. Von den Sanitätern hat er dann auch noch ein Trostpflaster und einen Lutscher bekommen. Das finde ich echt blöd, dass Krampfi für seine Show auch noch eine Belohnung bekommen hat. Das habe ich aber nicht gesagt, denn ich musste mich ja um unseren Roboter kümmern.

Den haben Jolanthe und ich wieder eingeschaltet. Er war sofort fidel, sodass ihn Frau Schneider mit offenem Mund anstarrte. Die Schneider guckte echt hammerblöde. Sie hatte die Zunge auf die Unterlippe gelegt und starrte den Mann an, den sie für unseren Vater hielt. Der sagte: »Ja, ja, wir lernen eben nie aus, oder?«

Das hat natürlich keiner verstanden. Aber da war der Zoobesuch für uns eh erledigt, weil die Tierpfleger ein Hausverbot für Papa aussprachen, Frau Schneider den Ausflug für beendet erklärte und wir zu unserem Roboter sagten: »Lieber, reizender Horst, würde es dir was ausmachen, uns nach Hause zu bringen?«

Wenn wir das nicht gesagt hätten – nicht auszudenken, was noch passiert wäre im Zoo.

Herr Doktor Kampfmann ist dann am Abend auch noch bei uns mit dem Porsche vorgefahren. Er hat auf unseren Roboter eingeschimpft. Der Kampfmann hat behauptet, dass Papa seinen Sohn auf das Dach der Giraffen geschickt hätte. Angeblich wollte Krampfi gar nicht da rauf. Das war alles ziemlich übertrieben und Doktor Kampfmann hat sehr wütend geguckt. Unser Roboter hat das aber nicht verstanden. Der hat nur gemerkt, dass der Kampfmann irgendwie unglücklich war. Darum hat er versucht, ihn mit Witzen (Seite 36 bis 44) aufzuheitern. Da hat Kampfmann sich noch mehr geärgert.

»Sie gehen mir auf die Nerven! Und wenn Sie das nächste Mal bei mir auf dem Stuhl liegen, dann werde ich Ihnen auf die Nerven gehen!«

Bevor der Roboter das als brenzlige Situation verstehen konnte, war Kampfmann zum Glück schon in seinem Angeberauto davongebraust.

Als es an diesem Abend endlich ruhig im Haus und auf der Straße wurde, kam Jolanthe zu mir ins Bett gekrochen. »Ich fürchte, jetzt kommt echt keiner mehr zu unserem Geburtstag. Tut mir leid, das war eine Schnapsidee von mir.«

Ich seufzte. »Ach was, warten wir's ab.«

Jolanthe seufzte auch. »Ich wünschte, Papa wäre hier.«

Ich nickte. Sie fehlten mir auch. Mama sowieso und auch Papa.

»Papa kommt bestimmt bald wieder«, versuchte

ich Jolanthe zu trösten. Über die Haare wuschelte ich ihr lieber nicht mehr. Das kann eben nur unser echter Vater richtig gut.

»Aber wenn er kommt, müssen wir ihn unbedingt warnen.«

»Vor wem?«

»Vor seinem Zahnarzt natürlich! Also ich leg mich beim Kampfmann nicht mehr auf den Stuhl. Und Papa sollte das lieber auch bleiben lassen.«

Schwebend auf dem roten Teppich

Wir waren ein bisschen unsicher, als wir am nächsten Morgen zur Schule gingen. Wir rechneten mit allem. Wir rechneten damit, dass uns nun alle blöd fanden. Wir rechneten damit, dass wir von der Schule geschmissen würden. Jolanthe dachte mal wieder dreieinhalb Minuten weiter als ich und rechnete sogar mit der Polizei. Außerdem fürchteten wir natürlich, dass die Bisons ausgebrochen waren und nun in der Stadt rumliefen. Ich befürchtete aber vor allem, dass sogar Matze, unser letzter Gast, für den Geburtstag absagen würde.

Nur mit dem, was wir erlebten, als wir am Freitagmorgen in die Schule liefen, rechneten wir nicht.

Wir waren über Nacht zu Stars geworden! Es war, als hätte jemand einen roten Teppich extra für uns ausgerollt. Dario und Marie standen vor dem Schultor und warteten auf uns. Sie strahlten und grinsten und versuchten wie zwei Leibwächter oder Manager, Ordnung in die Menge zu bringen. Denn alle wollten mit uns sprechen und wissen, wie es ist, so einen coolen Vater zu haben.

Die Nachricht, dass unser Vater Karate konnte und im Zoo randaliert hatte, verbreitete sich auf dem Schulhof wie ein Lauffeuer. Allerdings wurde die Geschichte von Mal zu Mal wilder. In der ersten Pause fragte mich ein Junge aus der Parallelklasse, ob unser Vater echt im Elefantengehege aufgeräumt habe. In der zweiten Pause fragte mich ein kleines Mädchen, ob unser Vater tatsächlich auf einem Zebra

Rodeo im Bisonstall geritten wäre und mit einer Handkante das Blockhaus zerlegt habe. Und sogar Krampfi gab inzwischen damit an, dass er und unser Vater wie zwei Superhelden durch den Zoo gerannt seien, um Büffeln und Sanitätern das Leben zu retten.

Wir haben natürlich versucht, den anderen diesen Blödsinn auszureden, und sind bei der Wahrheit geblieben. Aber es half nicht viel. Auf dem Heimweg hörte ich, wie Herr Bolzinger, einer unserer Lehrer, Frau Schneider fragte, wie es denn gewesen sei, als der irre Vater auf dem Elefanten durch den Zoo geritten sei und Jagd auf die Löwen gemacht habe. Angeblich hat sich unser Vater auch noch im Affenhaus von Liane zu Liane geschwungen, einen Tiger mit der Handkante in zwei Teile zerlegt und einem Nilpferd die Rippen gebrochen.

Viel wichtiger war für uns aber eine ganz andere Frage: Würden unsere Freunde zum Geburtstag kommen? Und die Antwort auf diese Frage lautete: Ja, Ja und nochmals Ja! Alle wollten kommen! Die Uromas hatten angeblich ihre Partys abgesagt und die Opas hatten hoch und heilig versprochen, doch noch nicht zu sterben. Alle wollten am Samstag pünktlich um drei Uhr auf der Matte stehen, um sich von unserem Vater zeigen zu lassen, wie man einen Lattenzaun oder einen Tisch oder Stuhl mit der Handkante zu Kleinholz verarbeitet.

Jolanthe und ich atmeten nicht nur auf. Wir schwebten förmlich durch diesen Schultag und segelten nach der letzten Stunde auf einer Woge der Anerkennung durch die Stadt.

Vor dem Schaufenster vom Sporthaus Pluto blieben wir stehen. Da lagen sie noch immer. Unsere Traumgeschenke. Meine Kletterausrüstung. Und Jo-

lanthes Reithelm. Mit Kuhfleckenmuster. Ich seufzte. Ob Mama uns die schon gekauft hatte? Vermutlich nicht. Denn sonst würden die Sachen ja nicht mehr da liegen. Außerdem hatte sie Papa ja gesagt, dass er sich um die Geschenke für uns kümmern solle.

An diesem Mittag war Jolanthe irgendwie doch wieder auf der geistigen Überholspur. Sie sah mein trauriges Gesicht. Dann zog sie mich in den Laden. »Komm, ich hab eine Idee.«

Zu Hause wirbelte der Roboter in der Küche herum. Genau nach Anweisung aus dem Kochbuch war er damit beschäftigt, Muffins zu backen. Gleichzeitig hat er uns ein gesundes und ausgewogenes Mittagessen aus Hirsepuffern und Grünkernbratlingen zubereitet. Irgendwie mussten wir uns auch noch was einfallen lassen, um das strikte Pommesverbot unseres Vaters zu umgehen. Aber da unser Roboter leider nichts vergessen kann, fiel mir einfach nicht ein, wie wir das anstellen sollten. Alle Versuche, selbst mit der »Lieber, reizender Horst«-Formel, hatten nur dazu geführt, dass der Roboter recht knurrig guckte und sich dann doch an die Regel hielt, die er zuerst gelernt hatte. Und die hieß nun mal: »Frittiertes ist ungesund und Fritteusen sind lebensgefährliche – Geräte, denen nicht zu trauen ist.«

Es blieb Jolanthe und mir also vorerst nichts anderes übrig, als uns den Dinkel-Grünkern-Schleim reinzupfeifen. Der Roboter aß wieder nichts. Immerhin setzte er sich zu uns und behauptete: »Ich habe schon vorhin ein bisschen genascht.«

»Lieber, reizender Horst, darf ich mir noch etwas

zum Geburtstag wünschen?«, fragte ich beim Rhabarber-Grütze-Nachtisch.

»Natürlich, nur zu, viel Spaß dabei«, sagte der Roboter planmäßig.

Ich zwinkerte Jolanthe zu und hielt dem Roboter den Katalog mit Klettergürteln, Seilen und Karabinern vom Sporthaus Pluto unter die Nase. »Das ist die sicherste und beste Kletterausrüstung der Welt. Schau hier: MountRox QFX 3. Die wünsche ich mir von dir. Du sollst sie beim Sporthaus Pluto kaufen und so gut verstecken, dass ich sie vor Samstag nicht finden kann. Der Verkäufer, Herr Planke, weiß Bescheid wegen der Größe. Okay?«

Der Roboter nickte. »Sicherheitschecken muss ich sie auch noch.«

»Nein!«, entfuhr es mir. Ich wollte mir gar nicht ausmalen, was er aus einem schönen Klettergurt in Blau und Schwarz für ein Gebilde machen würde. »Das ... äh ... das ist nicht nötig. Schau dir nur mal das Prüfsiegel an.«

Ich zeigte ihm das Prüfsiegel im Katalog.

Der Roboter legte den Kopf schief. »Aber so ein Klettergurt ist doch auch ein – Gerät. Oder?«

»Äh, nein, eigentlich nicht. Du musst ja auch keinen Sicherheitscheck bei einem Schnürsenkel machen, oder?«, fragte ich.

Da kam der Roboter ins Grübeln. Diesen Gedanken

schien Papa ihm noch nicht einprogrammiert zu haben.

»Lieber, reizender Horst, darf ich auch noch was zum Geburtstag bestellen?«

»Aber selbstverständlich! Nur zu, viel Spaß dabei!«, antwortete der Roboter.

Also bestellte Jolanthe ihren Reithelm. Mit Kuhfleckenmuster, in der Größe, die schon hinter dem Kassentresen beim Sporthaus Pluto lag. Der Roboter nickte artig. Und pfiff dann unauffällig vor sich hin. Er grinste uns an und sagte doch glatt: »Oh, ich glaube, ich lasse mal das Auto waschen!« Und schon war er weg. Im Tarnen und Täuschen hatte unser echter Vater ihn nicht so gut programmiert wie in den Sicherheitsfragen.

Jolanthe und ich klatschten uns ab. Der Geburtstag würde großartig werden. Nur noch eine Nacht trennte uns vom besten, vom schönsten, vom legendärsten Geburtstag, den wir je hatten.

Dachten wir jedenfalls.

Kaputt

Natürlich kann man einen Geburtstag nicht mit einem Schlaganfall vergleichen. Schließlich kommt ein Geburtstag schön regelmäßig jedes Jahr. Und ein Schlaganfall nur sehr selten und unregelmäßig. Andererseits ist es doch immer ein bisschen plötzlich und schlagartig, wenn er dann da ist, der Geburtstag.

Als ich aufwachte, dachte ich für einen Augenblick: Irgendwas ist anders. Es war gut. Aber etwas war anders. Irgendetwas erinnerte mich an früher. Da erst merkte ich es. Es roch nach Kaffee!

War Mama etwa schon zurück?

Ich stürmte runter in die Küche. Aber da stand nur Papa.

»Guten Morgen, mein Großer!«, sagte er und umarmte mich. Er drückte mich ganz fest und herzlich und väterlich. »Herzlichen Glückwunsch zum Geburtstag! Ich wollte gleich kommen und dich wecken!«

Er hatte schon ein Tablett vorbereitet. Darauf lag ein Muffin. Ein Muffin mit einer Lichterkette. Und die Lichterkette war mit einem Akkupack verbunden, der von einer Menge Klebeband in Gelb und Schwarz zusammengehalten wurde. So richtig Papa eben.

Ich war trotzdem froh. Ich hatte Geburtstag. Und Papa würde all meinen Freunden und Jolanthes Freundinnen zeigen, wie man mit einer Handkante einen Tisch zerlegt.

»Sollen wir zwei Jolanthe wecken?« Papa sah mich an.

Ich nickte.

Also schlichen wir uns rauf. Und das war irgendwie ziemlich prima. Ich wusste ja, dass er nur ein Roboter war. Andererseits: dieses Trepperaufschleichen am Geburtstag, das machen wir auch immer bei Mama. Das ist nicht gefährlich und ziemlich albern. Aber es ist eben ein uraltes Spiel von Papa und mir. So eine Art Privatspiel. Und ich fand es ziemlich toll von Papa, dass er das dem Roboter auch einprogrammiert hatte.

Ich wollte in Jolanthes Zimmer stürmen. Aber Papa hielt mich zurück. »Jolanthe ist jetzt eine junge Dame. Da muss man anklopfen.«

Ich klopfte. Papa schaltete die Lichterkette auf dem Muffin ein. Dann öffneten wir die Tür, noch bevor Jolanthe »Herein!« gähnen konnte, und sangen: »Zum Geburstag viel Glück!«

Jolanthe freute sich, sie tat so, als würde sie die Lichterkette auspusten. Und dann passierte es. Jolanthe biss in den Muffin und ließ die Lichterkette einfach fallen, damit unser Roboter sie aufräumte.

Aber das tat er nicht. Er bellte nicht. Er sah Jolanthe nur vorwurfsvoll an. Dann murmelte er: »Na, weil Geburtstag ist.«

Er hob die Lichterkette auf sein Tablett. Ich atmete auf. Einen Augenblick hatte ich befürchtet, er wäre kaputt.

Dass er echt kaputt war, merkte ich drei Minuten später. Denn da übergab uns Papa seine Geschenke. Mir gab er ein Geschenk, das viel zu klein für einen Klettergurt war. Ich packte es aus und ... es war ... eine Schneekugel.

»Hab ich selbst gebastelt. Mit schicken Klippen drin«, sagte Papa und zeigte auf den Kieselstein, den er in die Schneekugel geklebt hatte. »Hübsch, oder? Und sicher.«

Ich kann gar nicht sagen, wie enttäuscht ich war.

Das Teil sah superbescheuert aus. Ich schüttelte es. Die Flocken tanzten um den Kiesel herum. Ich hätte heulen können.

Auch Jolanthe hatte Tränen in den Augen, als sie ihr Geschenk auspackte. Auch sie hatte eine selbst gebastelte, klobige Schneekugel bekommen. Bei ihr war ein Pferd drin. Kein echtes. Ein Spielzeugpferdchen aus Kunststoff.

Jolanthe guckte so traurig, dass ich schon fest damit rechnete, dass Papa jetzt die Witze von Seite 45 bis 99 abfeuern würde. Aber das tat er nicht. Dabei sah er deutlich, dass Jolanthe und ich enttäuscht waren. Da stimmte doch irgendwas ganz und gar nicht. Hatte unser echter Vater etwa über Nacht unsere Umprogrammiererei rückgängig gemacht? Aber dann konnte man ja doch etwas im Programm des Roboters korrigieren!

Ich ließ als Test meine Serviette fallen. Der Roboter meckerte mich an: »Heb bitte deine Serviette auf, Carlo!«

Jolanthe und ich, wir sahen uns an. War der überhitzt, oder was? Ich musste wissen, ob er alles verlernt hatte, was wir ihm beigebracht hatten.

Also sagte ich: »Das könnte jetzt schon eine ziemlich brenzlige Situation werden, Papa!«

Der Roboter reagierte nicht. Er nahm keine Karatehaltung ein. Und als Jolanthe ihm ihre Tasse zuwarf, fing er die auch nicht auf. Die Tasse fiel auf den Boden und zersprang in tausend Scherben. Papa schimpfte los: »Jolanthe! Bist du wahnsinnig? Warum wirfst du mit einer Tasse nach mir?«

Jolanthe musste die Scherben wegfegen. Und Papa schimpfte weiter. »Apropos Chaos: Wer hat eigentlich den Couchtisch zerlegt und an der Wand im Wohnzimmer gestapelt?«

Ich schluckte. »Du! Weißt du das alles nicht mehr? Karate!«

Papa sah mich verständnislos an. Dann lächelte er plötzlich. »Das war ich?«

Da konnte ich meine Tränen nicht mehr zurückhalten. »Was ist los mit dir? Bist du kaputt? Haben wir was falsch gemacht? Hast du etwa auch den Karategeburtstag vergessen?« Ich heulte und heulte und Jolanthe stand mit ihrer Kehrschaufel daneben und wusste auch nicht weiter.

Der Roboter tat etwas Erstaunliches. Er kam zu mir rüber. Er nahm mich in den Arm. Er hielt mich fest. Er wuschelte mir über den Kopf. Er tröstete mich, wie mich nur ein Mensch auf der ganzen Welt trösten kann: Papa. Und ich meine jetzt nicht diesen völlig wahnsinnigen Roboter mit den Schaltern am Hintern. Ich meine nicht dieses irre – Gerät, das zum Schlafen in den Schrank im Keller steigt. Ich meine unseren echten Vater. Den mit der Sicherheitsmacke. Den, der im Bett schläft. Den, der keine Witze erzählt. Den, der kein Karate kann. Den Papa, der mich gerade in den Arm nahm. Und der mich einfach festhielt, mir über den Kopf wuschelte und sagte: »Die Woche war wohl doch ein bisschen wild für euch, oder?«

In diesem Augenblick kapierte ich es. Ich kapierte, was passiert war. Der Mann, der mich hier in den Arm nahm, der war kein Roboter. Der war mein Vater. Mein echter Papa! Deshalb trank der auch Kaffee. Das tun Roboter nämlich niemals.

Ich schlang meine Arme um Papa und schluchzte.

Mein Vater lächelte. Er erzählte keine Witze, wie der Roboter. Er konnte kein Karate. Aber er sah mir in die verheulten Augen und sagte: »Ihr wollt einen Karategeburtstag? Dann feiern wir einen Karategeburtstag! Versprochen. Die Gäste kommen um drei Uhr. Ich schaff das, ich bereite ein paar Dinge vor. Ein paar Brettchen oder Knäckebrote, die wir zerhauen können, finde ich bestimmt.« Dann kratzte er sich am Kopf. »Nur für eure Handkanten müsste ich noch einen Schutz basteln. Aber das kriege ich hin. Soll sich ja keiner Splitter holen. Außerdem …«

Das Telefon klingelte. Jolanthe schnappte sich den

Hörer, um sich als Erste die Glückwünsche abzuholen. Typisch große Zwillingsschwester eben. Am Apparat war Mama. Die gratulierte Jolanthe und mir und sagte, dass Oma ihren Schlaganfall gut überstanden hatte und schon auf dem Heimweg sei und dann kam der tolle Satz: »Gebt mir mal eben Papa. Der soll mich abholen in Frankfurt am Flughafen. Ich hab nämlich ein bisschen mehr Gepäck als geplant.«

Klar, das waren ganz bestimmt haufenweise Geschenke für uns! Coole Geschenke. Aus Brasilien! Garantiert ohne TÜV!

»Äh, ja, logisch, nur wie soll ich ...«, hörte ich Papa sagen. Aber dann meinte er zu Mama: »Natürlich. Ich hole dich ab!«

Er legte auf und sah uns verzweifelt an. »Wie soll ich das alles schaffen? Haus schmücken, Handkantenschoner basteln, Torte backen und gleichzeitig Mama abholen?« Er raufte sich die Haare. »Können wir eure Party verschieben?«

Jolanthe sah Papa sehr streng an. »Papa! Wir sind Kinder! Wir haben heute Geburtstag! Da kann man nichts verschieben!«

Papa nickte. »Klar. Aber ich bin auch nur ein Mensch und kein – Gerät. Ich kann mich ja nicht zerreißen und in zwei Stücke teilen.«

Ich sagte es nur leise. Aber sehr deutlich: »Doch. Das kannst du. Und wir wissen es.«

Papa drehte sich zu mir herum. Es war sehr still in diesem Augenblick im Esszimmer. Papa sah mich an, wie er mich noch nie angesehen hatte. Er guckte ein bisschen wie Matze, wenn er das letzte Stück genommen hat, ohne zu fragen. Und auch ein bisschen, als wäre ich ein – Gerät. Ich kapierte erst nicht. Aber dann wusste ich es: Papa fühlte sich ertappt. Aber ganz sicher schien er sich nicht zu sein, ob wir echt alles herausgefunden hatten.

»Wir wissen alles, Papa!«, wiederholte ich. »Wir kennen dein Robotergeheimnis! Du warst die ganze Woche nicht hier und hast dem Roboter die Haus- und Erziehungsarbeit überlassen.«

Papa starrte mich an.

Jolanthe starrte mich auch an und flüsterte: »Ist das da kein Roboter? Ist das Papa?«

Ich nickte. »Na klar. Roboter trinken keinen Kaffee! Papas schon. Der hier trinkt Kaffee!«

Und dann atmeten sie beide. Jolanthe atmete auf und freute sich: »Also ist er gar nicht kaputt? Der Roboter kann noch immer Karate und erzählt Witze?«

Papa atmete ein und aus und sagte dann: »Ihr wisst, dass ihr nicht ins Labor dürft!«

Aber dann erst kapierte er, was Jolanthe da sagte. »Ihr habt ihm Karate beigebracht?«

Als wir nickten, war Papa ein bisschen stolz. Selbst den zerhackten Holzhaufen, der mal ein Couchtisch gewesen war, sah er viel freundlicher an. Wir erzählten Papa die ganze Geschichte. Wie der Roboter gestolpert war und wir die Schalter entdeckt hatten. Wie wir dem Roboter Witze und Karate und Aufräumen beigebracht hatten. Papa war echt stolz auf seinen Roboter. Aber er war auch stolz auf uns.

»In euch stecken zwei kleine Techniker! Ich hab es immer gewusst!«, freute er sich.

Den Vorschlag zur Geburtstagsrettung habe dann ich gemacht. Papa sollte Mama abholen und dem Roboter den Kindergeburtstag überlassen.

Papa ließ sich sogar darauf ein. »Okay, aber eins müsst ihr mir versprechen: Kein Wort vom Roboter zu Mama! Manchmal muss man ein klitzekleines Geheimnis für sich behalten. Und wenn ich nach Hause komme, muss der Roboter sofort zurück in den Schrank.«

Wir nickten. Das war für uns kein Problem. Wir würden dichthalten. Hauptsache der Roboter kam aus dem Schrank und durfte einen Tisch zu Klump hauen.

Dann ging Papa in den Keller. Jolanthe und ich kamen natürlich mit. An der Schwelle zum Labor blieben wir stehen und zögerten. Hier durften wir ja eigentlich nicht rein. Aber Papa lächelte, zuckte mit den Schultern und winkte uns zu sich herein. »Nun kommt schon, Leute. Ist doch albern, zwei Fachleuten wie euch den Zutritt zum Labor zu verbieten.«

Jolanthe und ich strahlten. Ich glaube, das war der Moment, in dem ich endlich das richtige Geburtstagsgefühl bekam. Papa erlaubte uns etwas, was er noch nie erlaubt hatte. Für uns war es nur ein kleiner Schritt über die Schwelle ins Labor. Aber gleichzeitig traten wir damit in ein neues Zeitalter ein. Papa zählte uns jetzt zu den Fachleuten. Wenn das so weiterging, würde er uns noch den Toaster ohne seinen Sicherheitsquatsch bedienen lassen.

Dann schaltete Papa den Roboter im Schrank ein. Das war schon ein echt schräger Augenblick. Wie sie sich da gegenüberstanden. Papa und der Roboter.

»Hallo Kollege«, sagte Papa.

»Tach Chef«, antwortete der Roboter.

Die beiden sahen sich zum Verwechseln ähnlich. »Du kannst Karate?«, fragte Papa.

Der Roboter nickte lässig. »Aber nur, wenn es brenzlig wird.«

Papa seufzte. Er sah von Jolanthe zu mir. »Ihr habt sogar herausgefunden, dass man einen Auslöser für das Verhalten mit einprogrammieren muss. Hut ab!«

Dann aber warf Papa einen Blick auf die Uhr. »Tut mir echt leid. Jolanthe, Carlo, ich muss euch jetzt allein lassen und Mama abholen.«

»Bist du traurig?«, fragte der Roboter nach.

»Natürlich! Ich lasse meine Kinder am Geburtstag nicht gerne allein!«, sagte Papa.

Da erzählte ihm der Roboter einen Schülerwitz. Es war einer von denen, in denen so Wörter vorkommen, die eigentlich nicht im Witzebuch stehen sollten.

Papa klappte den Mund auf. Er sah von Jolanthe zu mir und wieder zurück zu Jolanthe. Dann flüsterte er, ohne das – Gerät aus den Augen zu lassen: »Was habt ihr ihm denn noch alles beigebracht?«

»Nur Witze, Karate und Aufräumen«, sagte Jolanthe.

Ich wollte eigentlich noch erzählen, dass wir ihm auch beigebracht hatten, alles zu erlauben. Aber Jolanthe trat mir unauffällig auf den Fuß. Und sie hatte recht.

Manchmal muss man ein kleines Geheimnis für sich behalten.

Die Party steigt

Die Party war der Kracher. Und wie! Matze war begeistert von der Torte, die der Roboter, den er für unseren Vater hielt, gebacken hatte. Und das beweist einmal mehr, dass man sich manchmal einfach an die Rezepte halten sollte, die man raussucht. Die größte Überraschung war für uns aber das Geschenk, das unsere Freunde uns machten: Sie brachten Sperrmüll mit. Jede Menge alte Stühle, Tische, Bretter und Regale.

»Damit wir was zum Trainieren haben!«, hat Dario gesagt.

Und Marie meinte: »Wir können ja schlecht euer ganzes Wohnzimmer zerhacken. Oder?«

Jolanthe und ich waren glücklich. Wir bauten mit unserem Roboter einen schönen Karate-Parcours aus Stühlen und Tischen und Regalen im Garten auf. Der

Roboter zeigte uns sogar ein paar Tricks. Nur: ganz so einfach, wie wir dachten, ist das mit dem Zerhauen eines Tisches eben doch nicht. Und so ein – Gerät wie dieser Roboter, das hat ein bisschen mehr Kraft als wir. Ich meine ein bisschen viel mehr Kraft. Wie der die alten Tische und Stühle vermöbelte, das war schon cool. Zum Schluss ist er dann noch mit einem tierischen Tarzan-Schrei und viel Schwung durch die Rückwand eines alten Regals gesprungen.

»Der Hammer!«, hauchte Dario.

Und auch Marie sagte: »Hätte ich eurem Vater nie zugetraut.«

Zum Abendessen gab es leider keine Pommes, sondern irgendein Vollkornzeug, aber das nahm uns zum Glück keiner übel.

Matze war der Letzte, der abgeholt wurde.

»Das habt ihr super hingekriegt, vielen Dank!«, sagte unser Freund zum Abschied zu mir und Jolanthe.

»Selber Danke«, sagte ich. »Ohne deine Tipps wäre das bestimmt alles in die Hose gegangen.«

»Jau, wir äh, müssen dann auch mal schnell rein!«, sagte Jolanthe. Sie schob Matze förmlich aus der Tür. »Bis Montag, Matze! Machs gut und tschüss.«

Ich wunderte mich ein bisschen. »Das kannst du doch nicht machen!«, fuhr ich Jolanthe an. »Du kannst doch nicht unseren besten Freund rausschmeißen!«

Hinter uns tauchte der Roboter auf. »Herzlichen Glückwunsch, ihr beiden!« Er strahlte übers ganze Gesicht und dann gab er sie uns endlich. Unsere Geschenke. Sie hatten genau die richtige Größe. Und sie waren eingepackt in schönstes Geschenkpapier, auf dem der Aufkleber »Sporthaus Pluto« prangte.

»Verschwinde im Schrank!«, fauchte Jolanthe. »Hörst du das Auto nicht?«

Da endlich kapierte ich, warum Jolanthe Matze rausgeworfen hatte und warum sie keine Zeit hatte,

das Geschenk des Roboters auszupacken. Unser Auto hielt vor dem Haus. Wenn Matze Papa am Steuer sehen würde, würde er sich sicherlich wundern. Schließlich kann sich ein Mensch ja nicht verdoppeln. Also kein normaler Mensch. Aber unser Vater ist ja nicht normal. Er kann das schon. Denn er ist beim TÜV. Und da lernt man, eine Menge nützlicher Dinge zu basteln. Roboter zum Beispiel.

Aber genau dieser Roboter war ein Problem: Denn Mama sollte ihn nicht mit uns erwischen. Mama

sollte vermutlich gar nicht wissen, dass es ihn überhaupt gab.

»Papa hat doch gesagt, dass du im Schrank sein sollst, wenn er nach Hause kommt! Ab die Post!«, sagte Jolanthe.

Aber der Roboter dachte gar nicht daran, im Schrank zu verschwinden. »Papa bin ich!«, antwortete er.

Jolanthe rang die Hände. Ich hörte schon die Schritte vor der Tür. Ich hörte Mamas Stimme. Ich freute mich sehr auf den nächsten Augenblick. Aber trotzdem musste dieser verflixt sture Roboter sofort in den Schrank. Wenn wir ihn ausschalten würden, dann stünde er einfach da, mitten im Flur. Das ging nicht. Runterschleppen war viel zu schwer für uns. Ihn auf Lernen umschalten, war ausgeschlossen, da guckte er so hammerblöde, dass Mama sofort zurück nach Brasilien fliegen würde.

Wir hörten schon den Schlüssel im Schloss, als mir endlich der rettende Satz einfiel: »Lieber, reizender Horst, macht es dir etwas aus, wenn wir Verstecken mit dir spielen? Du versteckst dich ganz schnell im Labor im Schrank und Mama darf dich nicht finden, okay?«

»Natürlich, nur zu, viel Spaß dabei!«, sagte der Roboter und schon sauste er runter in den Keller.

Es war echt die letzte Sekunde. Wir standen da,

mit unseren Geschenken in der Hand. Noch nicht mal ausgepackt, als Mama hereingestürmt kam.

»Jolanthe! Carlo! Herzlichen Glückwunsch«, rief Mama.

Wir waren so froh. Mama war wieder da. Papa war wieder da und der Roboter stand gut versteckt in seinem Aufladeschrank. Endlich war alles in Ordnung. Mehr oder weniger.

Mama hatte echt ein paar Geschenke aus Brasilien angeschleppt. Papa ließ uns alle auspacken. Pfeil und Bogen waren auch dabei. Und eine Zielscheibe. Papa wollte schon einen Sicherheitscheck machen, aber Mama sagte: »Das Zeug benutzt ihr einfach nur, wenn wir dabei sind.«

Darauf ließ sich Papa sogar ein. Wir haben dann natürlich auch noch die Robotergeschenke ausgepackt. Und da staunten unsere Eltern Bauklötze. Jolanthe bekam nicht nur einen Reithelm, sondern auch noch einen Gutschein für die zehn ersten Reitstunden. »Sicher ist sicher!«, stand in Papas Handschrift auf der Karte.

Und ich bekam den Klettergurt mit Seilen und Karabinern. Sogar ein zweiter Gurt für Mama lag dabei!

»Von wem sind denn die Geschenke?«, fragte Mama uns völlig verdutzt.

Wir zwinkerten Papa zu. »Von Papa!«

Unser echter Vater hustete. Er ließ das Kletterseil prüfend durch die Finger gleiten. Er betrachtete die Karabiner und den Klettergurt.

Ich zeigte auf das Prüfsiegel. »Geprüfte Topqualität hast du genommen, danke Papa!«

»Ja, sieht sehr gut aus, dieses – Gerät«, murmelte mein Vater.

Es wurde noch ein langer und schöner Abend. Mama schmiss das Grünkernzeug weg und bestellte Pizza. »Es ist Geburtstag, da muss was Ungesundes her!« Dann erzählte sie uns von Rio und von

Oma, der es ziemlich gut ging und die echt Glück gehabt hatte und die wir bald besuchen würden.

Mama hat auch nicht geschimpft, dass der Couchtisch kaputt war. Das fand sie eine ganz tolle Idee, das Wohnzimmer zu entrümpeln. »Braucht doch kein Mensch!«

Als sie das aufgestapelte Holz im Garten sah, war sie aber doch etwas verwundert. »Was habt ihr nur gemacht, die ganze Woche?«

»Och, das ist eine längere Geschichte«, murmelte Jolanthe.

Papa sah sie streng an. Aber Jolanthe hielt natürlich dicht. Sie hat den Roboter mit keiner Silbe erwähnt.

Und sagte: »Zu Weihnachten wünsche ich mir ein Pferd!«

Papa wurde bleich um die Nase. »Ich muss mal eben meinen Kontostand prüfen und was im Keller nachsehen«, sagte er und stand auf.

»Willst du etwa nachsehen, ob du da unten noch genug Geld für Jolanthes Pferd hast?«, rief Mama ihm nach.

»Allerdings!«, antwortete Papa.

Mama lachte. »Guter Witz!«

Aber Papa macht keine Witze. Niemals. Wenn Papa Witze macht, dann ist das nicht Papa. Dann ist Papa nicht da und der Roboter hat seinen Platz übernommen.

Ich hatte Angst um den Roboter. Ich war mir nicht sicher, ob Papa seine Platte löschen oder ihn auseinandernehmen wollte. Deshalb schlich ich mich hinter meinem Vater in den Keller. Tatsächlich schnappte sich mein Vater einen Schraubenzieher von seinem Basteltisch und ging damit auf den Roboter im Schrank zu.

»Lass ihn am Leben, Papa«, sagte ich.

»Aber es ist viel zu gefährlich«, sagte Papa. »Wenn Jolanthe ernst macht und der Roboter ihr ein Pferd kauft, dann hab ich das nicht mehr unter Kontrolle. Wo das noch hinführen könnte! Nicht auszudenken. Ich hätte so ein unzuverlässiges – Gerät niemals bauen dürfen.«

»Quatsch«, erwiderte ich. »Das ist der sicherste Roboter der Welt. Er hat eine ganze Woche auf uns aufgepasst. Und er hat die Party gerettet! So ein – Gerät kann doch nicht schlecht sein!«

»– Geräten ist alles zuzutrauen«, knurrte mein Vater. Er ließ den Roboter nicht aus den Augen, setzte sich aber immerhin auf seinen Stuhl. Den Schraubenzieher hatte er noch in der Hand.

Ich setzte mich auf Papas Schoß und betrachtete den Roboter im Schrank. Den hatte er so was von genial hingekriegt. Den durfte er nicht auseinandernehmen. Schließlich mochte ich unseren Roboter inzwischen. »Das da, ist kein – Gerät. Es ist unser reizender

Horst«, sagte ich. »Und wenn es brenzlig wird, dann kann er uns raushauen!«

Da machte der Roboter die Augen auf und nahm sofort Karatestellung ein.

Papa winkte ab. »War nur ein Witz.«

Der Roboter lachte schallend. Er lachte so sehr, dass das Lachen sogar Papa ansteckte. Er wuschelte mir über den Kopf, wie nur Papa es kann, und sagte: »Hast ja recht, Carlo. Wir behalten ihn noch ein bisschen. Für Notfälle.«

Dann aber ging er zum Schrank, drückte dem etwas erstaunt guckenden Roboter auf die linke Pobacke und schaltete ihn aus.

LIVE: Zeus, Caesar & Co. erzählen!

12 Götter und 12 Helden der antiken Mythologie mal ganz anders – von A wie Achill bis Z wie Zeus.

Romulus, Caesar und Nero, ihre vielen Freunde und Feinde kommen nun endlich selbst zu Wort. Live und unverblümt.

ALLE LIEFERBAREN TITEL, INFORMATIONEN UND SPECIALS FINDEST DU ONLINE

Auch als **eBook**

www.dtv.de **dtv junior**